Peter Albra Brenner

Alois und der Lektorenmord

Wie doch ein ländliches Idyll täuschen kann...

Im Wald da ist es fein,
keiner hört dich schrein.
Erst recht nicht in der Nacht,
wenn das Herz der Mörder lacht.
Die Bäume verdecken das Geschrei
Der Lektoren und schon ist es vorbei-
Mann und Frau liegen abserviert und kalt
Die Kakophonie aus so vielen Tönen verhallt.

Ich,
der Autor, habe noch folgendes anzumerken:
Sie, werter Leser, halten das Produkt langer, schweiß-
durchtränkter Abende und Nächte in Händen. Es hat mir
immer Spaß gemacht, daran zu arbeiten und ich hoffe,
dass es dem Buch anzumerken ist.
Sollten Sie Gefallen daran gefunden haben, sei an dieser
Stelle das andere Werk erwähnt, das meinen Namen und
den Titel „3 Kurze" trägt.
Näheres zum Inhalt dieses Büchleins findet der Literatur-
liebhaber auf meiner Homepage:
www.peteralbrabrenner.jimdo.com.
Ach ja, falls Sie sich fragen, was es mit diesem „Albra" auf
sich hat- nun, da ich von dem kleinen aber feinen, auf den
Höhen der Schwäbischen Alb liegenden Ort Berghülen
stamme, komme ich von der Albra (Von der Alb herunter)-
ein passender Zusatz also für mich, der ich einen Aller-
weltsnamen trage.
Ich möchte mich an dieser Stelle sehr bei meiner Familie
bedanken, die mich jeden Tag neu inspiriert. Ein Schelm
der Böses dabei denkt, wo es doch ums Morden geht...
Es begegnen mir wohl gerade genug Leute im Alltag und
auch in Urlaubszeiten, die man gerne auf den Mond schös-
se. So viele sind es in der Tat, dass, würde man es tatsächlich tun, der Mond wahrscheinlich längst übervölkert
wäre. Man muss ja nicht immer gleich zu den ganz drastischen Mitteln greifen!
Ich bedanke mich bei Ihnen, der Sie das Buch gekauft
haben und wünsche Ihnen das größtmögliche Vergnügen
mit dem Produkt ihrer Wahl.
Ihr Peter Albra Brenner

Peter Albra Brenner   Alois und der Lektorenmord

Brenner, Albra Peter (Autor):

Alois und der Lektorenmord

Herstellung und Verlag:

BoD - Books on Demand, Norderstedt © 2014

ISBN 978-3-8423-6499-8

VOR DEM MORD, BZW. VORWORT

Sie morden, metzeln, töten, vernichten, zerstören, verstören, zerreißen, meucheln mit einer Selbstverständlichkeit, dass es einem die Sprache verschlägt! Die Opfer sind zahlreich und hilflos, denn die Politik und die Behörden sehen dem Treiben tatenlos zu. Es existiert also kein wirkungsvoller Schutz für all´ diejenigen, die ihr kreatives Wirken einem Verlag anvertrauen- und damit in die Hände eines Lektors.

Ich persönlich glaube nicht, dass die Damen und Herren dieses Berufstandes Freude daran haben, Hoffnungen zu zerstören, Träume zu vernichten und schriftstellerische Ambitionen gnadenlos zu morden.

Dennoch bleibt oft ein schaler Geschmack angesichts eines Ablehnungsschreibens, vor allem dann, wenn es sich zu unzähligen anderen seiner Art gesellt. Im Bemühen, die Gunst eines potentiellen Lesers nicht zu verspielen, sind diese Negativ-Bescheide oft sehr nett formuliert, dennoch bleibt ein „Gschmäckle", da sie nicht ausführlich über die Gründe informieren, die zur Ablehnung des eingereichten Manuskripts führten.

Als Einreichender würde man doch allzu gerne Bescheid wissen, was denn im Kopf eines Lektors vorging, während er dem im Schweiß ertränkten Manuskript einen oder vielleicht auch mehrere Blicke gönnte. Gab es ein Bedauern angesichts der Ablehnung, oder dachte er/sie, so, als ließe das Wort „Lektor" ein „C" vermissen- „Leck mich!"? Wie würden die Ablehnungsschreiben wohl aussehen, müssten die Damen und Herren Lektoren nicht darauf achten, ja keine potentiellen Leser zu vergraulen?

4

Und wie reagierte man als Betroffener, der keine „nette", sondern eine „perfide", „gemeine" Absage erhält, die einer verbalen Ohrfeige gleicht?

Die (rein fiktiven) Lektoren müssen in diesem Buch keine Zurückhaltung üben, genausowenig wie die „Geschädigten" - mit drastischen Folgen, die so zum Glück nur in dieser Geschichte vorkommen. Nicht auszudenken, wenn sich beide Parteien dermaßen verhielten!

Sollten sich in diesem rein der Phantasie entsprungenen Werk irgendwelche Personen wiedererkennen, ist das reiner Zufall. Ich wünsche keinem Menschen Böses- sei er nun Lektor oder nicht.

Es mag trotzdem vorkommen, dass der eine oder die andere Anstoß nimmt. Nun gut, wenn es sich nicht vermeiden lässt...

Jedenfalls wünsche ich allen Lesern viel Spaß beim Lesen von „Alois und der Lektorenmord". Potentiellen Schriftstellern, deren Ambitionen dahingemeuchelt wurden, sei es eine Genugtuung und eine Form der Rache- auf dass sich die unzähligen Ablehnungsschreiben besser ertragen lassen.

In diesem Sinne, Ihr

Peter Albra Brenner

Peter Albra Brenner   Alois und der Lektorenmord

.

1   Durcheinander

Die Hirschkuh trabte langsam aus dem Schatten des Waldes ins Licht der Morgensonne. Sie liebte diese Stunden besonders, wenn der Tag noch frisch war, der Tau auf den Gräsern lag und die ersten Vögel in die halb schattenhafte Welt hinein sangen. Alles war ruhig und friedlich. Und da sich auch während des Tages normalerweise kaum etwas rührte auf der alten, vergessenen Landstraße, würde sie erst der grelle Schein der Sonne zurück in den Wald treiben.

Gerade hatte sie den Kopf gesenkt, um von dem frischen Gras zu naschen, als vielfältiges Motorengeräusch an ihre Ohren drang. Alarmiert reckte sie den Kopf in die Luft, schnupperte, lauschte und sah schließlich die Verursacher um die Kurve biegen. Für einige Augenblicke schien sie unentschlossen, aber dann verschwand sie blitzschnell in den Schutz des Waldes; nicht ohne von den Insassen der ersten beiden Autos gesehen worden zu sein.

„Ah, was für ein herrlicher Anblick!", sagte Marco Rohlenz zufrieden.

Die junge Dame auf dem Beifahrersitz war anderer Meinung. „Pampa, wir sind mitten in der Pampa! Ich fasse es nicht! Was habe ich eigentlich verbrochen, dass ich in diesem Urwald unterwegs sein muss? Warum macht man das Treffen nicht in München?"

„Ach Iris. Weil es dort laut, verschmutzt und stickig ist. Es tut dir mal ganz gut, an die frische, unverbrauchte Luft zu kommen! Uns allen tut es gut."

Sie sah ihn mit einem Gemisch aus Mitleid und Abscheu an. „Das glaubst du doch wohl selbst nicht!"

Marco verdrehte die Augen. „Wir werden nur eine einzige Nacht hier verbringen. In ungefähr sechsunddreißig Stunden bist du schon wieder zuhause. Also, genieße es."

„Genießen? Vielen Dank auch!"

Der kurze Rest der Fahrt verlief schweigend. Das Schweigen hatte jedoch ein Ende, als Iris die Unterkunft für die Nacht sah. „Igitt, was ist das denn?", rief sie entsetzt.

Marco Rohlenz schüttelte hinter ihrem Rücken den Kopf. „Du blöde Stadtkuh!", dachte er. Ihm gefiel die einfache Waldhütte auf Anhieb. Sie hatte etwas Heimeliges und zugleich Abenteuerliches und er war sehr froh um die Entscheidung, das jährliche Lektorentreffen in frischer Natur abzuhalten, anstatt in einem Großstadthotel. So verlor das Treffen wenigstens etwas von der Langeweile, die sich in den letzten Jahren eingenistet hatte. Sie resultierte aus dem immergleichen Ablauf und dem Vorhersehbaren, das manchen der Lektoren Halt zu geben schien, ihm selbst aber ein Schauer über den Rücken jagte.

Sein Blick glitt über die schon eingetroffenen Lektoren, die sich gegenseitig auf die Schultern klopften und sich zu ihren besonders gelungenen Ablehnungsschreiben gratulierten. Marco hörte sie lachen und davon reden, wie gerne sie die Gesichter der hoffnungsfrohen Schriftsteller sehen wollten, die sie auf den Boden der Tatsachen zurückgeholt hatten. Gehässigkeiten flogen durch die Luft, die ganz allgemein auf die ständig wachsende Schreiberschar gemünzt waren, deren Werke manche der Kollegen offensichtlich als persönlichen Angriff verstanden. Bemerkungen fielen, die der breiten Öffentlichkeit nicht zugänglich gemacht werden durften, weil man nach außen hin lieber versöhnliche Töne anschlug, im Bemühen, die werte Leserschaft nicht zu vergraulen. Die paar Amateure, die mit scharfen Bemerkungen bedacht wurden, hatten es nicht anders verdient und zählten nicht in der allgemeinen Statistik.

Ah, und da kam auch schon sein spezieller Freund an. „Hallo Marco, na, was macht die Kunst?"

„Jörg, schön dich zu sehen", sagte Marco und schüttelte herzhaft die ausgestreckte Hand des Anderen. „Du blöde Sau, schade, dass du nicht in ein tiefes Erdloch gefahren bist!", dachte er, während er lächelnd Small Talk hielt. Jörg Biermichl trat aus den Reihen der Lektorenschaft dadurch hervor, dass er die ganz fiesen Ablehnungsschreiben versandte, die ihn zu einer Art König machten. Marco hasste ihn dafür wie die Pest. Wahrscheinlich auch deshalb, weil Iris oft von ihm sprach; manchmal mit so viel Ehrfurcht, dass Marco das Kotzen kam.

Es war wie jedes Jahr. Sämtliche Versuche, sich schnell aus der Gesellschaft des verhassten Kollegen zu befreien, scheiterten kläglich. Nur die Aufforderung, die Zimmer und Betten zu beziehen und in fünfzehn Minuten für den ersten Programmpunkt bereit zu stehen, erlöste ihn.

Peter Albra Brenner   Alois und der Lektorenmord

Zunächst konnte aber von Erlösung keine Rede sein. Seine Freundin Iris ließ ihm bis zum Programmbeginn keine Ruhe, meckerte in einem fort, fand alles widerlich, eklig, zum Kotzen, bis er kurz davor war, sie zu würgen. Sie hielten sich beim ersten Programmpunkt fern voneinander. Iris gesellte sich zu ihren Freundinnen, die sie meistens nur beim Treffen sah, Marco schaute nach einem Platz aus, an dem er auch von Jörg Biermichl unbelästigt blieb. Sein besonderer Dank galt der verantwortlichen Leiterin des Treffens, die die Kennenlernrunde auf dem großen Vorplatz der Waldhütte stattfinden ließ, was ihm dieses Manöver ermöglichte. „Ich werde Sie in mein Nachtgebet aufnehmen", erklärte er ihr in Gedanken.

„Hat jemand Herrn Dannenberg gesehen, oder weiß etwas über seinen Verbleib?" Frau Timm schaute fragend in die Runde, erhielt jedoch nur negative Rückmeldungen. „Das sieht ihm gar nicht ähnlich!", hörte Marco die leise ausgesprochene Verwunderung der Leiterin und gab ihr Recht, denn er dachte genauso.

Gerald Dannenberg war die Zuverlässigkeit in Person, so dass er den inoffiziellen Spitznamen „Herr Hundertprozentig" innehatte. Er traf normalerweise immer als erster bei den Treffen ein. Ausnahmen gab es immer. In einem lange zurückliegenden Jahr hatte er krankheitshalber nicht teilnehmen können, sich pflichtgemäß abgemeldet - und ein verwunderter Kollege hatte seinen Platz als Erstankömmling eingenommen.

Dannenbergs unentschuldigtes Fehlen war also ein Mysterium, Marco wollte ihn später tüchtig damit necken.

„So, meine Damen und Herren, ich möchte Sie nun offiziell und herzlich zum diesjährigen Lektorentreffen begrüßen." Frau Timm ließ sich die Irritation in Bezug auf das Fehlen Dannenbergs nicht anmerken.

Das Jubeln und Jauchzen der Lektoren hatte eine merkwürdige Qualität, fand Marco. Ein Seitenblick auf Frau Timm ließ erkennen, dass es ihr auch aufgefallen war. „Sie fühlen sich dazu verpflichtet, weil sie es jedes Jahr so machen", dachte er. „Dabei sind sie wie Iris - die meisten jedenfalls - der Wald und das Land behagen ihnen nicht."

Marco gefiel das. Normalerweise weidete er sich nicht am Unbehagen anderer. Doch weil ihn die letzten Treffen so sehr angeödet hatten und dieses ihm ausnahmslos gefiel, fühlte er sich gut. Er fand, dass sich die lieben Kollegen auch mal an andere Bedingungen anpassen durften.

Peter Albra Brenner   Alois und der Lektorenmord

„Vielleicht treibt euch die frische Landluft den Mief aus den Knochen", dachte er, ohne große Hoffnungen darein zu setzen.

Sein Grinsen fiel jedenfalls auf. Iris honorierte es mit einem giftigen Blick. Andere starrten ihn irritiert an. Frau Timm lächelte ihn dagegen erfreut an. „Sie ist so wie ich", sinnierte er. „Sie kämpft gegen das Althergebrachte, obwohl es ein Kampf gegen Windmühlen ist." Bei dem Gedanken, dass sie Don Quichote seien, verbreiterte sich das Grinsen, und das trieb Iris noch mehr in den Wahnsinn.

*

In einigen Kilometern Entfernung raste ein rotes Auto über die reparaturbe-dürftige Landstraße. Der Fahrer nahm keinerlei Rücksicht auf das Fahr-werk, das bei jeder Unebenheit, jedem Schlagloch stöhnte und etwas mehr Schaden nahm. Glücklicherweise hatte sich das Wild längst in den Wald zurückgezogen, und war so in Sicherheit vor dem rasenden Ungetüm.

Hinter dem Steuerrad saß, mit hochrotem Kopf, Gerald Dannenberg. Der Schweiß rann über sein Gesicht, seine Hände waren verkrampft, sein Kreuz war unnatürlich gespannt.

All´ das registrierte er nicht. Sein ganzes Denken drehte sich um das Tref-fen der Lektoren, das nun bereits angefangen hatte und zu dem er zu spät kam. Zu spät! Ausgerechnet er! Dabei war er extra früh losgefahren, um auf keinen Fall zu spät zu kommen. Welch eine Travestie!

Dannenberg war wütend, wütend über sich selbst, schalt sich einen Dep-pen, weil er eine Abkürzung genommen hatte, die keine gewesen war- mit der Folge, dass er nun weit hinter seinem Zeitplan zurück lag.

Die verlorene Zeit versuchte er nun auf Teufel-komm-raus hereinzuholen und ließ sich dabei auch von mehreren Beinahe-Unfällen nicht beeindru-cken. Es war, als sei sein Verstand vollkommen ausgeschaltet, ersetzt durch eine tickende Uhr, die ihn zur Raserei drängte.

Das hätte ihn beinahe das Leben gekostet, denn nur wenige hundert Meter nach einer mit Ach und Krach genommenen Kurve schob sich ein Traktor mit einem Heuwagen langsam auf die Straße. Adrenalin schoss in seine Adern, die Reaktion erfolgte rein mechanisch - auf diese Weise kam der Wagen rechtzeitig, wenige Zentimeter vor dem Gefährt, zum Stehen.

Da erst kam Dannenberg zur Besinnung, auch mithilfe des beißenden Gestanks seiner Bremsen, der ihm langsam bewusst machte, wie eng das gerade eben gewesen war. Danach saß er erst einmal regungslos hinter dem Lenkrad, sein Kopf wie leergefegt.

Erst als jemand an seine Fensterscheibe klopfte, kam er zu sich. Zögerlich stieg er aus, zitternd am ganzen Körper, und hielt sich am Autodach fast.

„Alles in Ordnung bei Ihnen?", fragte der ältere Bauer, nicht unhöflich.

Dannenberg nickte.

„Gut." Der Bauer kratzte sich am Kopf. „Hätte böse enden können!"

Dannenberg nickte nur im sicheren Gefühl, dass ihn seine Zunge im Stich lassen würde.

„Was müssen Sie aber auch so rasen! Das hier ist nicht die Autobahn, junger Mann!" Das klang jetzt schon nicht mehr so ganz freundlich.

Dannenberg murmelte eine Entschuldigung, das aber für die Ohren des Landwirts viel zu leise. „Was?"

„Entschuldigung."

Der alte Mann winkte ab. „Schon gut." Er trat auf das Auto zu, dessen Bremsen endlich aufgehört hatten zu rauchen. „Wohin wollten Sie überhaupt in dieser ungottseligen Geschwindigkeit?"

Auf einmal war das Lektorentreffen wieder präsent, genauso wie die davonlaufende Zeit. Beides hatte der Schock für einige Momente aus seinem Kopf vertrieben. Dannenberg sah die Eröffnungszeremonie deutlich vor sich und wusste, ohne auf die Uhr zu schauen, dass er sie komplett verpassen würde. Gedankenverloren fuhr er sich durch das Haar und vergaß augenblicklich den Bauern, der auf die Antwort auf die von ihm gestellte Frage wartete.

„Sie wollen zu diesem Lektorentreffen im Waldhotel, sehe ich das richtig?", übernahm dieser dann das Antworten selbst.

Dannenberg schrak etwas zusammen. „Was?"

„Das Waldhotel. Dort treffen sich doch die Lektoren dieses Wochenende. Sind Sie vielleicht zu diesem Treffen unterwegs?"

Dannenberg nickte. „Ja, ja...sehen Sie, tut mir wirklich Leid wegen dem vorher, dass... so bin ich normalerweise nicht. Bitte..."

Wenn das Lächeln des Landwirts entwaffnend wirken sollte, verfehlte es diese Wirkung. Dannenberg fand es etwas entnervend, auf jeden Fall aber nicht ganz aufrichtig. Wie auch immer, auf einmal war ihm der Bauer nicht mehr geheuer, und er nahm dies als zusätzlichen Grund, schnell weiter zu fahren.

Er lächelte den Bauern freundlich an, reichte ihm die Hand. „Also, noch einmal, nichts für ungut! Ist ja nichts passiert, gell?" Der Händedruck des Alten war erstaunlich fest, wie der eines Schraubstocks fast. Aber er sagte nichts, keine weiteren ermahnenden Worte.

Dannenberg atmete auf, als die Autotür geschlossen war. Nur schnell fort von hier, den Erinnerungen an den Beinahe-Unfall und vor allem diesem Landwirt.

Er hatte den Zündschlüssel fast umgedreht, da klopfte der alte Mann plötzlich kräftig ans Fenster. Unwillig ließ es der Lektor herunter fahren.

„Sie sollten sich Ihren rechten Vorderreifen anschauen. Ich finde, der sieht nicht gut aus."

Dannenberg verdrehte die Augen. „Auch das noch. Ein platter Reifen hätte mir jetzt gerade noch gefehlt!", dachte er und stieg mit einer dunklen Vorahnung aus.

Auf den ersten Blick aber schien ihm alles in Ordnung zu sein, na gut, etwas Luft mochte fehlen, doch so dramatisch, wie sich der Landwirt angehört hatte, war es nicht. „Ist nichts weiter. Ich finde, der sieht gut aus."

„Und was ist das da?", hakte der Bauer nach und deutete mit seinem Fuß auf die Seitenwand des Reifens.

Der Lektor bückte sich, schaute sich aus Zentimetern Entfernung die angedeutete Stelle an. Nichts. Da war rein gar nichts.

Von Erleichterung keine Spur, an ihrer Stelle kroch Ärger hoch. Was war das jetzt? Wollte ihm der Alte einen Streich spielen, sozusagen als Revanche für sein mieses, voriges Verkehrsverhalten?

Dannenberg hatte vor, genau dies zu fragen. Doch eine Antwort erhielt er nie, was auch daran lag, dass er diese Frage niemals stellte. Er beendete sein Leben auf dieser schlecht geflickten Landstraße, durchbohrt von den Zinken einer Mistgabel und mit dem allerletzten Gedanken an das Lektorentreffen.

*

„Gott sei Dank, das ist geschafft!" Die Erleichterung überkam Marco, nachdem die Eröffnungszeremonie abgeschlossen war. Jetzt endlich kam der Teil, auf den er sich im Vorfeld am meisten gefreut hatte. Anstelle der sonst

üblichen Gruppenarbeiten, die immer und unerklärlicherweise an Yogaübungen gekoppelt waren, stand für den Morgen ein Waldlauf auf dem
Programm.

Das, bemerkte Marco nicht ohne Häme, bereitete den meisten der Anwesenden noch mehr Unbehagen. „Sesselfurzer" nannte er sie in Gedanken,
und sie bestätigten dieses Prädikat durch ihr Verhalten. Ein Großteil war
überhaupt nicht auf die veränderten Bedingungen vorbereitet. Es fing an bei
der Kleidung, die für die Stadt, nicht aber den Wald geeignet war. Fast tat
es ihm Leid um die teuren Lederschuhe, die manche trugen. Aber nur fast.
Den Vogel schossen aber einige Damen ab, die in Stöckelschuhen bereit
standen und Iris belächelten, die als Einzige richtige Wanderschuhe trug.
Dies tat sie auch nur auf Betreiben ihres Freundes hin, dementsprechend
sauer schaute sie ihn an. „Du wirst es mir danken!", rief er ihr in Gedanken
zu.

Frau Timm hatte sie gnädigerweise einer anderen Gruppe zugeordnet,
genauso wie seinen Spezialspezi Jörg. Es hatte seinen Grund, weshalb
Marco sie am besten von allen leiden konnte. Und sie gewann noch an
Ansehen bei ihm dazu.

Die Gruppe, in der auch Marco war, war bewusst von ihr zusammengestellt
worden, und sie hatte ihr absichtlich den letzten Startplatz gegeben. Frau
Timm wollte mit ihm und den restlichen Mitgliedern alleine reden, ohne das
Gros der Teilnehmer in der Nähe. An denen ließ sie kaum ein gutes Haar,
während sie die Anwesenden maßvoll lobte.

„Sie glauben ja nicht, wie die mir im Vorfeld alle in den Ohren gelegen sind!
„Was denn, Frau Timm, in den *Wald?"* Sie verzog dabei den Mund in einer
solch grotesken Weise, dass sich die vier Männer und zwei Frauen köst-
lichst amüsierten. „Das *kann* doch nicht ihr Ernst sein!" So ging das pau-
sen-los, Sie ahnen ja in keinster Weise, wie viel Mühe es mich bei der
Begrüßung gekostet hat, die Ankommenden nicht laut anzuschreien!"

„Das kann ich mir schon sehr gut vorstellen!", erklärte Anna Volz, eine eher
klein gewachsene, sommerbesprosste Bubikopfträgerin.

Das konnten sich alle, zu Timms sichtlichem Vergnügen. „Ich wusste schon,
was ich tat, als ich Sie alle in dieselbe Gruppe eingeteilt hatte", lächelte sie.

Doch ihr Lächeln hielt nicht lange vor. „Ganz ehrlich, ich bin es leid! Immer
diese Treffen nach Schema F. Nur ja keine Veränderungen! Ich meine, da

kommt endlich mal ein guter Vorschlag"- hier schaute sie Marco an- „und dann gibt es nur Gemecker und Gemotze! Echt, das hängt mir zum Hals raus!"

Die sechs Lektoren, die in einem Halbkreis um sie herumstanden, amüsierten sich über ihre Offenheit. „So hätte ich Sie niemals eingeschätzt, Frau Timm!", sagte Günther Beck, der für einen Sachbuchlektor bemerkenswert locker war.

„Ich nehme das als Kompliment", erklärte die Angesprochene.

„Das dürfen Sie auch!", sagte Marco.

Frau Timm fühlte sich nun richtig geschmeichelt. „Eigentlich ist es an der Zeit, Sie loszuschicken, doch ich denke, Sie werden nicht so lange brauchen wie die lieben Kollegen. Ich möchte Ihnen allen gerne einen Vorschlag unterbreiten, den Sie sich einfach durch den Kopf gehen lassen sollten."

Sie räusperte sich, legte die flache Hand auf die Brust, ihr Atem ging schnell. Ganz offensichtlich war sie nervös. „Ich finde es an der Zeit, eine eigene Veranstaltung zu gründen. Jedenfalls werde ich den Vorsitz des Vorbereitungskomitees für dieses Lektorentreffen abgeben. Bitte, kein Wort zu den anderen. Ich werde die Entscheidung zum Abschluss morgen Nachmittag verkünden.

Ich möchte einen klaren Bruch, was eventuell sogar die Gründung eines eigenen Verbandes bedingt. Da bin ich mir noch im Unklaren. Jedenfalls möchte ich Sie darum bitten, darüber nachzudenken, ob Sie dieses alternative Treffen befürworten können, und ob Sie sich, falls es notwendig werden sollte, eventuell zu einer Mitgliedschaft in einem neuen Verband entschließen könnten."

Sie schloss die Augen, atmete tief ein und ließ die Luft in einer Art Stoßseufzer wieder ziehen. „Sie ahnen ja nicht, wie lange ich schon mit dem Gedanken spiele, den Vorsitz abzugeben und eine Alternativveranstaltung zu gründen! Ich war nie in der Lage gewesen, mich zu dem Entschluss durchzuringen. Bis heute. Diese frische Waldluft... Sie hat mich überzeugt, dass es an der Reihe ist, den langweiligen Veranstaltungen den Rücken zu kehren. Nie wieder Yogaübungen!"

Ein befreites Lächeln begleitete ihre Worte. Ganz offensichtlich hatte es sie ziemlich belastet, die vergangenen Treffen organisieren zu müssen. Es überraschte Marco und die anderen sehr, denn sie hatte es sich bisher nie anmerken lassen.

Und dann war da noch die eine Sache. „Wenn Ihnen die Yogaübungen und der Rest so sehr widerstreben, weshalb haben Sie dann nichts an den Abläufen geändert?", hakte Verena Klein, der leckerste Brocken unter den weiblichen Lektoren, nach.

„Selbst mir als Vorsitzende ist es nicht möglich, gegen die angestaubten Zom..." Sie hielt sich gerade noch zurück, doch die sechs wussten, welches Wort sie zu gebrauchen gedachte und grinsten alle über das ganze Gesicht. Timm sprach das aus, was auch sie ab und an über ihre werten Kollegen dachten, und deshalb fühlten sie sich wie Verbündete.

„Sie erahnen die wahnsinnige Anzahl der vergeblichen Versuche nicht, das Programm zu ändern! Für dieses eine Treffen hier im Wald hatte ich mich auf die Hinterbeine zu stellen und bis zum letzten Tropfen Blut darum zu kämpfen! Also..."

„Ich melde mich hiermit für die Alternativveranstaltung an", unterbrach sie Marco.

Frau Timm schaute ihn sprachlos an, und als nach und nach die anderen fünf sich ebenfalls zustimmend äußerten, traten ein paar Tränen in ihre Augen. Es schien ihr peinlich, und deshalb schickte sie die sechs nun auf die Runde. „Husch, husch, jetzt aber schnell, bevor die Ersten schon wieder da sind!"

Lachend setzte sich die Gruppe in Bewegung, guter Dinge, weil sie nun ein Geheimnis mit sich trugen und vor allem die Gewissheit hatten, dass es ihr letztes gemeinsames Treffen mit ihren teilweise sehr absonderlichen Kollegen war. Marco fragte sich einige Minuten später schon, wie das mit Iris zugehen sollte, ließ sich aber nicht lange von dem ernüchternden Gedanken niederdrücken. „Kommt Zeit, kommt Rat, kommt Attentat", dachte er, während er mit einem gewissen Lächeln auf Verena Kleins Rückansicht starrte.

*

„Alois, Mensch, was hast du dir nur dabei gedacht?" Der alte Bauer stand, die beiden Hände in seinen Jackentaschen vergraben, missmutig neben seinem Traktor, während Dannenbergs Auto auf einen Abschleppwagen verfrachtet wurde. Er hatte es noch nie leiden können, im Mittelpunkt zu stehen, aber nun ließ es sich nicht verhindern. Es war schon unglaublich, wie schnell sich die Geschichte herumgesprochen hatte!

Alois blieb stumm, obwohl das ärgerliche Gemurmel um ihn herum ständig lauter wurde und zog es vor, nichts auf die Frage des Bürgermeisters zu antworten.

Der nahm ihn bald darauf in Schutz vor den immer hässlicher werdenden Worten der Umstehenden. „Jetzt führt euch nicht so auf! Ich möchte kein ausfälliges Wort mehr hören, hab´ ich mich deutlich genug ausgedrückt!?"

„Der Depp ruiniert uns noch alles!", rief da der Brandtner Stefan. Bürgermeister Stoltz verdrehte die Augen, denn natürlich kannte er den jüngsten Spross der Brandtner Familie sehr genau. Als Schultheiß einer kleinen, zweihundert Seelen zählenden Gemeinde, kannte man jeden einzelnen seiner Schäfchen persönlich. Stefan Brandtner war ein Heißsporn, der sich gerne zu unüberlegten Taten hinreißen ließ.

Stoltz musste seine Worte sehr genau abwägen, um die angespannte Situation zu beruhigen. „Was geschehen ist, ist geschehen, und noch ist eben kein Schaden geschehen!"

„Kein Schaden? Mann, Alois, der Depp, hat den Typen am helllichten Tag wie eine Schlachtsau abgestochen! Der kann von Glück sagen, wenn ihn niemand gesehen hat! Ich sag´s euch, sie werden Verdacht schöpfen, da könnt´ ich meinen Schniedel darauf verwetten!", rief der Nächste, im Rücken das zustimmende Gemurmel der Umstehenden.

Alois war ein sehr gemütlicher Mensch. Nichts brachte ihn schnell aus der Ruhe. Doch in ihm schlummerte ein Vulkan, der dann und wann zum Ausbruch kam; das geschah immer dann, wenn er die Umstehenden als zu ignorant oder dummdreist empfand.

Wie in diesem Fall. Nur Sekunden, nachdem der zweite Kerl gesprochen hatte, fand der sich Zentimeter von den Zinken einer Mistgabel entfernt. Alois sagte kein Wort, hielt den Burschen nur einige Sekunden mit dem Gerät fest, bis der, kreidebleich angelaufen, sich buchstäblich in die Hose machte. Dann erst ließ er ab, zufrieden, dass sein wortloses Statement angekommen war.

„Macht euch nicht in die Hosen! Sie werden nicht misstrauisch werden!", fand er endlich seine Sprache. „Was soll schon sein? Er hatte eine Panne und dummerweise sein Handy vergessen. Das heute Abend läuft wie besprochen, Ende der Geschichte!"

„Genauso ist es!" Die Bestätigung von Stoltz kam wie aus der Pistole geschossen, um den jungen Burschen, die ihre Münder bereits geöffnet hatten, das Wort abzuschneiden. „Und jetzt, husch, husch auseinander, bevor wir hier zu viel Aufsehen erregen!"

Damit war die Versammlung aufgelöst. Sie alle starrten noch dem Abschleppwagen nach, der eine nur Einheimischen bekannte, verschlungene Route einschlug. Dann erst fuhren sie in verschiedene Richtungen auseinander.

Allein Stoltz blieb zusammen mit Alois Wagner zurück. „Pass auf, Alois, das hier ist noch lange nicht gegessen! Die jungen Burschen, allen voran der Brandtner Heißsporn, sind dir immer noch gram! Du hast ihre Blicke ja wohl gesehen. Deshalb muss das heute Abend unbedingt glatt gehen! Also, keine Dummheiten mehr! Eine Gelegenheit wie diese kommt nie wieder."

Der alte Bauer nahm die mahnenden Worte achselzuckend zur Kenntnis.

„Das heute Abend wird glatt über die Bühne gehen, Manfred. Das kann ich dir sogar schriftlich geben, wenn du willst. Die Deppen haben doch überhaupt keine Ahnung, was sie erwartet. Sie sind wie diese Stockenten, die du auf der Kirmes abschießen kannst."

Stoltz nickte bedächtig, reichte dem Alois die Hand und brauste anschließend davon. Das Versprechen des Wagner Alois war tatsächlich ernst gemeint. Gleich kurz nach der Tat hatte ihn sein viel zu vorschnelles Handeln gereut, und deshalb hatte er sich, lange vor den ersten Vorwürfen geschworen, wie abgemacht zu warten.

Dumm nur, dass sich ihm die nächste Gelegenheit gleich bei seiner Rückkehr auf den Hof bot, und zwar in einer Weise, dass es ihm geradezu unanständig schien, sie ungenutzt zu lassen.

Auf den ersten Blick war offensichtlich, dass die junge Dame den Lektoren zuzuordnen war, obwohl sie vorbildmäßig mit Wanderschuhen und waldgeeigneter Kleidung versehen war. Tarnung hin oder her, man sah es ihr einfach an.

Fairerweise muss an dieser Stelle darauf hingewiesen werden, wie sehr Alois dagegen ankämpfte, die nächste Dummheit zu begehen. Es war ein langer und intensiver Kampf, den er am Ende aber verlor. Und so trat er lächelnd auf die junge Frau zu, während er im Inneren überlegte, was er nun mit ihr anstellen konnte.

2   Vorahnungen

Währenddessen erhielt Frau Timm Besuch von dem netten Förster, der ihr freundlicherweise bei den Vorbereitungen geholfen hatte. „Ich wollte nur nachschauen, ob alles in Ordnung ist."

„Ich denke. Erweisen wird es sich in den nächsten Minuten. Dann erwarte ich die Ersten zurück."

Wolf Nordt nickte. „Ah, das wird schon klappen. Machen Sie sich keine Sorgen. Ich wusste ja dank Ihren Schilderungen im Voraus, dass die Strecke nicht zu schwer sein darf. Ich kann Ihnen also versichern, dass alle den Weg finden werden."

„Das mag schon sein. Ich bin nur gespannt, ob sie alle heil zurückkommen. Manche der Damen sind doch glatt in Stöckelschuhen unterwegs."

Nordt lachte, ein herzerfrischendes, ansteckendes Lachen. „Echt?"

„Echt!"

„O Mann! Dann bleibe ich wohl besser noch ein bisschen. Als Förster kümmere ich mich zwar normalerweise nicht um verletzte Waldläufer, doch was tut man nicht alles für seine Gäste!"

„Sie sind herzlich eingeladen wiederzukommen"

„Rufen Sie mich, wenn Sie etwas benötigen. Meine Handy Nummer haben Sie ja."

Ute Timm tätschelte ihre Jackentasche, die von ihrem Portemonnaie etwas ausgebeult war. „Hab ich."

„Gut." Der Förster verabschiedete sich mit einem breiten Lächeln. Kaum war er fort, als auch die erste Gruppe zurückkam, mit nichts als Beschwerden über den unmöglichen Waldlauf: „Niemals wieder will ich einen Wald aus nächster Nähe sehen."......"Es war eine einzige Katastrophe!" ...."So eine Entwürdigung!"........"Die können hier nicht mal die Wege asphaltieren!" .... und so weiter und so fort.

Ute Timm ließ das alles ruhig über sich ergehen; sie erwiderte nichts, dachte sich einfach ihren Teil und lächelte dabei stets freundlich. Sie zog Kraft aus der kürzlichen Begegnung mit dem Förster und aus dem Wissen, dass es das letzte Lektorentreffen in dieser Form war.

Doch bei allen Gruppen wiederholten sich die Aussagen mit leichten Variationen, und das trieb die Leiterin langsam aber sicher auf die Palme.

Ute Timm wollte sich gerade zu einer bissigen Antwort hinreißen lassen, als auch die sechs der letzten Gruppe ankamen. Deren Urteil unterschied sich vollkommen von den bisherigen Kommentaren, und die Lektoren starrten die fröhlichen Waldläufer ungläubig mit großen Augen an. Es kam die Frage, ob sie es ernst meinten, einige meinten sogar, sie müssten einen komplett anderen Parcours gegangen sein, anders ließe sich das positive Fazit nicht erklären.

Ute Timm amüsierte sich prächtig über die dummen Gesichter, und die sechs wurden ihr noch sympathischer. O ja, es war vollkommen richtig gewesen, sie in ihr Vertrauen zu ziehen und für eine Alternative anzuwerben!

Wenig später rollte der Essenslieferservice an und erlöste sie endlich von der negativen Stimmung. Die Kritiker, scheinbar bis auf die Knochen ausgehungert, hatten genug mit dem Essen zu tun, das sie im Gegensatz zu allem anderen zufrieden stellte; endlich hatte Ute Timm Ruhe.

Doch beim Essen blieb ein Platz leer. „Hat jemand Iris gesehen?", fragte Marco in die Runde hinein.

„Sie", antwortete einer mit zu vollem Mund; er bemerkte den Verstoß gegen die Etikette sofort, schluckte dann aber, vom Wunsch angetrieben, schneller als alle anderen antworten zu wollen, viel zu hastig hinunter, so dass es ekelhaft anzusehen war; „Sie hat sich irgendwann geweigert weiterzugehen."

Rohlenz wartete einige Zeit vergebens auf weitere Auskunft. „Und wo ist sie jetzt?", hakte er nach, sichtlich genervt.

„Keine Ahnung", kam aus fünf Mündern unisono zurück.

„Wo habt Ihr sie zuletzt gesehen?" Als er das fragte, standen die Knöchel seiner rechten Hand, die das beachtlich scharfe Messer umfasste, gefährlich weiß hervor. Er schob es auf seine regelmäßigen Auszeiten im Kloster, dass er es ihnen nicht direkt in die Kehlen rammte.

„Da auf dem Bauernhof", mampfte der erste Sprecher weiter, so dass nicht nur Marco das Würgen kam, „da hat sie sich auf die Bank gehockt und wollte nicht mehr weiter gehen."

„Ein Bauernhof."

„Ja."

„Wieso Bauernhof?" schaltete sich ein blutjunges Ding ein, das zum ersten Mal dabei war.

„Ja, genau, wieso Bauernhof? Da lag keiner auf der Strecke!", erklärte Marcos spezieller Freund Jörg.

„Doch, ganz sicher..."

„Nein, eben nicht ganz sicher!", unterbrach Marco.

„Wo seid ihr nur entlang gegangen?" In Verena Kleins Lächeln lag der pure Spott.

Alle starrten nun auf die fünf, die rot anliefen.

„Es tut mir Leid, das sagen zu müssen, aber es existiert tatsächlich kein Bauernhof auf der vorgegebenen Strecke", erklärte Frau Timm. Sie war eine gute Schauspielerin, man nahm ihr das Bedauern ab. Keiner ahnte, bis auf vielleicht die sechs Eingeweihten, dass sie die fünf innerlich verhöhnte.

„Also, wo ist er nun, dieser ominöse Bauernhof?", hakte Marco nach.

Das überforderte die fünf ganz gewaltig. Ihnen half auch die Wanderkarte nichts, die Frau Timm bereitstellte. Ganz im Gegenteil, sie vergrößerte die Konfusion sogar noch.

Dabei war der Bauernhof ganz deutlich eingezeichnet. Marco ersparte sich seine Kommentare, setzte sich stattdessen nieder und aß erst einmal in Ruhe auf, ehe er sich auf den Weg machte, seine Freundin zu suchen. Er wollte eigentlich nicht, regte sich über ihre Zickerei auf, aber das Dumme war, dass Iris von alleine ganz sicher nicht den Weg zurück fand.

Sein Ärger hielt sich in Grenzen. Der Bauernhof war bequem in zwanzig Minuten zu erreichen, die Frage an Iris, ob sie ihn begleiten wolle, würde eine Minute und der Rückweg noch einmal zwanzig Minuten in Anspruch nehmen. Einundvierzig Minuten frische Waldluft, die gleichzeitig das Entkommen von den Yogaübungen bedeuteten, die selbstredend nicht ganz zu streichen gewesen waren.

*

Er hatte die Dauer des Hinwegs auf die Minute genau berechnet. Nach exakt zwanzig Minuten stand er auf dem Bauernhof des alten Alois.

Das war es dann auch mit den genauen Berechnungen, denn er fand den Hof verlassen vor. Nichts war es mit dem einminütigen Aufenthalt, denn die Recherche via Handy ergab, dass Iris nicht vom Besitzer zurückgefahren wurde, wie er angenommen hatte. Da das Fräulein Iris ganz sicher auch nicht von alleine aufgebrochen war, um die Waldhütte zu finden, stand Marco nun vor einem großen Rätsel.

Er mochte es nicht, auf fremden Grundstücken herum zu schnüffeln. Der Gedanke, dabei vom Besitzer überrascht zu werden, war ihm extrem unangenehm. Doch erstens wusste er nicht, wann dieser zurückkehren würde und zweitens fühlte er eine gewisse Unruhe aufkommen. Angst, ne Angst, das ging zu weit. Es war nur halt so, dass er nicht wusste, wo Iris steckte und keine logische Erklärung für ihre Nichtanwesenheit auf dem Bauernhof hatte. Aus diesem Grund konnte er den Rückzug nur dann antreten, wenn er den Hof vorher gründlich untersucht hatte.

Viel gab es nicht zu sehen. Außer dem Bauernhaus gab es noch einen Stall, der aber kaum noch Vieh beherbergte, einen Schuppen für die Geräte und einen weiteren für die Lagerung unterschiedlichster Ernteerträge.

Der komplette Hof machte einen etwas heruntergekommenen Eindruck. Hie und da blätterte die Farbe ab, fehlten Bretter, sahen die Geräte rostig aus oder aber überwucherte Unkraut manchen Teil des Bodens.

Je länger er sich das alles betrachtete, desto seltsamer erschien es ihm, dass Iris freiwillig auf diesem Hof geblieben sein sollte. Sie, die Miss Perfekt, bei der alles seine Ordnung hatte und klinisch rein geputzt war, musste dieses Gelände für den Vorhof der Hölle halten. „Nein, hier hättest du es keine Minute ausgehalten!", murmelte er vor sich hin.

War sie also den anderen hinterher gegangen und irrte nun im Wald umher? Das schien die logischste Erklärung zu sein. „Es sei denn, du bist mit dem Bauer durchgebrannt!", rief er ihr in Gedanken zu und lachte herzhaft über den eigenen Gag.

Nur, dass es keiner war. Iris war tatsächlich mit dem Besitzer des Hofes unterwegs, allerdings ohne sich dessen bewusst zu sein. Der wollte sie in Sicherheit bringen. Nicht etwa, um sie zu schonen, sondern um sie aufzuheben, als Sahnestück für den Schluss. Dank der starken KO Tropfen, die im vollgefüllten Steinkrug mit Most nicht zu schmecken gewesen waren, verschlief sie ihre Entführung mit einem seligen Lächeln auf dem Gesicht.

Wie gut, dass der alte Bunker längst in Vergessenheit geraten war. Dort konnte sie schreien, toben und sich die Fingernägel blutig reißen in dem lächerlichen Bemühen, die dicken Wände zu durchdringen.

Peter Albra Brenner   Alois und der Lektorenmord

Alois war kein Unmensch, er ließ ihr Essen und Trinken mitsamt einer Taschenlampe zurück. Er bezweifelte allerdings stark, dass sie häufig von ihr Gebrauch machen würde. Alte Gemäuer wie dieses standen bei Spinnen, Ratten, Mäusen und so manch anderem Getier hoch im Kurs; es erstaunte ihn immer wieder, welche Größen einzelne Kreuzspinnen erreichten.

„Nicht aussaugen, gell?", scherzte er mit einem besonders dicken und schwarzen Exemplar, dessen Anblick selbst ihn ekelte, in Hinblick auf die noch schlafende junge Frau. Es reizte ihn, sie beim Aufwachen zu beobachten, ihre Reaktion zu sehen, ihre Schreie zu hören. Stattdessen verschloss er die Bunkertüren in der Gewissheit, dass er sie später noch lange genug beobachten konnte. Dann, wenn sie voller Angst war, der blanke Terror auf dem Gesicht geschrieben stand, der sich bei seinem Anblick noch vergrößern würde, weil er aus seinen Absichten keinen Hehl machen würde.

Der Alois fand für diesen Tag nur einen passenden Ausdruck: „Geil". Alles war geil, der erste Teil im gleichen Maße wie der zweite, Ouvertüre und Finale binnen weniger Stunden, die Show der Extraklasse, ein Fest für das Raubtier im Manne. Oder auch der Frau.

Er war so aufgeregt, so voller positiver Anspannung, dass er nicht gleich davon fahren konnte. Erst, als er sich das Bild des Brandtner Stefans vor Augen malte, ebbte die Hormonflut ab, so dass er starten konnte. Der kleine Scheißer brachte ihn immer fort von seinen positiven Gefühlen. Alois´ Miene verfinsterte sich und erhellte sich nur Sekunden später erneut. Ein Gedanke war es, der Gedanke, dass es womöglich einen dritten Höhepunkt in dieser Nacht geben könnte. „Das wäre wohl des Guten zuviel, ich würde sicherlich platzen!", dachte er. Und fügte grinsend hinzu: „Aber das riskier´ ich gerne." Fröhlich pfeifend bog er in die alte Landstraße ein, auf der er noch vor Stunden einem Lektor das Leben genommen hatte und hörte das Raubtier im Inneren grollen. Es hatte Blut geleckt und wollte mehr davon. Das würde es auch bekommen. „So wahr ich Alois heiße!", flüsterte er und salutierte an der Stelle, an der er zugeschlagen hatte. „O ja, so wahr ich Alois heiße!"

*

Peter Albra Brenner   Alois und der Lektorenmord

Als Marco zurück kam, waren die Yogaeinheiten gerade zu Ende gegangen. Fast alle sahen zufrieden aus und so, als wären sie tatsächlich mit sich im Reinen. Seinen fünf Mitverschwörern war die Erleichterung dagegen deutlich anzumerken.

Gleich darauf war aber auch beim Rest keine Rede mehr von Entspannung. Das eigentlich geplante Kaffeetrinken fiel zunächst aus, alle Anwesenden erklärten sich sofort und ohne Umschweife dazu bereit, nach der Vermissten zu suchen. Das ehrte sie, und sie stiegen etwas in Frau Timms Ansehen. Gleichzeitig schrillten aber auch die Alarmglocken bei dem Gedanken, dass sich ausgerechnet diese der Natur entfremdeten und den Wald hassenden Lektoren auf die Suche nach Frau Gerald begeben wollten. Das konnte ja nur in einer Kata-strophe enden. Sie sah den Wald voller verirrter Lektoren buchstäblich vor sich.

Es gelang ihr, sie bis zum Eintreffen des Försters zurück zu halten. Der kam zum Glück innerhalb kürzester Zeit nach Absetzung des Notrufs und war fünf Minuten später schon wieder unterwegs, im Gepäck das Versprechen, mit einigen Männern nach der Vermissten zu suchen und dem Befehl an die versammelten Lektoren, sich nicht auf eigene Faust von der Hütte zu entfernen, sondern mit dem geplanten Programm weiter zu machen. „Auf diese Weise helfen Sie mir, und vor allem Ihrer Kollegin am effektivsten", erklärte er und hielt sie damit von ihrem Vorhaben ab.

Zunächst wagte sich keiner an den Kaffee und die aufgetischten Kuchen heran. Es erschien ihnen egoistisch gegenüber der in Not geratenen Iris, sich der Völlerei hinzugeben. Andererseits wussten sie aber auch nichts mit sich anzufangen, das Kaffeetrinken stand nun mal auf dem Programm. Marco machte dem Zaudern ein Ende. Er bediente sich an den aufgereihten Leckereien und gab damit den Startschuss.

„Danke!", sagte Frau Timm, die sich mit ihm etwas von der Meute zurück zog.

Rohlenz nickte nur.

„Was, denken Sie, könnte passiert sein?"

„Wenn ich das nur wüsste! Wissen Sie, es passt rein gar nichts. Dass sie sich freiwillig auf diesem heruntergekommenen Bauernhof aufhalten, oder aber allein versuchen sollte, die Hütte zu finden..."

Frau Timm nickte bedächtig. „Es wäre nicht die erste Ungereimtheit an diesem Wochenende."

Rohlenz schaute sie verwundert an. „Was meinen Sie jetzt?"

„Dannenberg."

„Ah!" Er fuhr sich nachdenklich mit der Zunge über die Zähne. „Das."

„Genau das!"

„Und?"

„Was, und?"

„Sie scheinen ziemlich beunruhigt zu sein, Frau Timm."

„Sollte ich keinen Grund dazu haben?"

Rohlenz lächelte sie dankbar an. „Schön, wie sehr Sie Anteil nehmen. Dennoch besteht kein Grund zur Sorge."

„Nein?"

„Nein."

„Da bin ich anderer Meinung!"

„Ach!"

„Ich wünschte, ich könnte die beiden Vorfälle so locker sehen wie Sie! Kann ich aber leider nicht!"

„Vorfälle... das klingt schon sehr dramatisch."

„Wie würden Sie es denn benennen?"

„Starrsinn und Unvermögen!"

Timm schaute ihn einige Augenblicke verdutzt an und musste dann unwillkürlich lachen. „Sie sind mir einer!"

„Hab´ ich den Nagel auf den Kopf getroffen?"

„Natürlich. Kürzer und besser kann man es unmöglich sagen."

„Sehen Sie? Alles im grünen Bereich."

Ihr Zögern war kaum merklich und doch entging es Rohlenz nicht. Er zog allerdings die falschen Schlüsse. „Ich mache mir schon etwas Sorgen um Iris, aber andererseits, wer so halsstarrig..."

„Das weiß ich doch!", fuhr sie ihm ins Wort, drehte sich um, und ging davon. Der Abbruch des Gesprächs kam etwas zu plötzlich für Marcos Geschmack. Obwohl Iris ihm des Öfteren vorwarf, er sei „ein typischer Mann", was bedeutete „ungehobelter Klotz und null Einfühlungsvermögen", verstand er, dass der Leiterin etwas auf der Seele brannte und deshalb ging er ihr hinterher. „Irgendetwas bereitet Ihnen Kopfzerbrechen!", sagte er, nicht als Frage formuliert, sondern als Fakt präsentiert.

Sie wirkte verlegen, während sie sein Statement durch ein Kopfnicken bejahte, sagte vorerst aber nichts weiter.

„Möchten Sie darüber reden?" Im Inneren fragte er sich, wie er dazu kam, Timm derartiges anzubieten, als sei er ein enger Vertrauter oder gar Partner und ob er Iris dasselbe angeboten hätte. Die warf ihm mit schöner Regelmäßigkeit vor, er wolle viel zu selten reden.

Timm jedenfalls war zugleich dankbar, aber auch weiterhin verlegen. „Schon." Mehrmals setzte sie an, fand aber offenbar die richtigen Worte nicht.

„Haben Sie Angst, ich könnte Sie auslachen?"

Sie nickte, lächelnd und zugleich etwas errötend.

„Na, wie schätzen Sie mich denn ein?", sagte er, mit gespielter Irritation.

„Als einen ganz und gar nicht abergläubischen Menschen."

„Da haben Sie recht."

Es dauerte, aber am Ende erklärte sie ihm doch, was ihr Bauchschmerzen bereitet und Rohlenz erwies sich als ein guter Psychologe, der ihre Bedenken ernst nahm, gleichzeitig aber auch zerstreute und ihr somit einen großen Teil der Last nahm, die sie fühlte.

Das Ergebnis war, dass sie die vorgesehene Sternguckerfahrt beibehielt und nicht absagte, obwohl ihr das noch immer unentschuldigte und damit rätselhafte Fortbleiben Dannenbergs und das Verschwinden Geralds Bauchgrimmen bereitete. Weder sie noch Rohlenz kamen auf die Idee, dass ihre Unruhe womöglich himmlischen Ursprungs war, gedacht, die Ereignisse der Nacht zu verhindern, die unweigerlich mit der Sternguckerfahrt verbunden waren. Dieses Mal wäre es von Vorteil gewesen, auf die innere Stimme zu hören. Nun aber wurde die Chance vertan, Schlimmeres zu verhindern.

*

Währenddessen fuhr Wolf Nordt auf den Hof des alten Alois ein. Er traf den Bauer auf seinem Traktor an. Offenbar war er erst kurz vor Nordt angekommen.

Peter Albra Brenner   Alois und der Lektorenmord

„Alois, weißt du etwas über eine junge Dame, Alter fünfundzwanzig, brünette Haare, etwa einsfünfundsechzig groß, mit Wanderkleidung und -schuhen?"

Der Angesprochene hob überrascht die Augenbrauen. „Wieso sollte ich?"

Mit einem Kopfnicken deutete der Förster grob in Richtung Waldhütte. „Ein paar von den Gästen behaupten, sie hätten sie auf deinem Hof zurück gelassen. Aber ihr Freund fand sie nicht, als er nach ihr suchte. Und es scheint eher unwahrscheinlich, dass sie von alleine zurück gegangen ist. Also?"

„Was? Hier verirrt sich doch keine Sau hin!"

„Sicher?"

„Sicher!"

Misstrauisch schloss Nord die Augen zu Sehschlitzen. „Irgendwie glaub´ ich dir nicht recht!"

„Dann lass´ es halt."

Der Förster trat nahe an den alten Mann heran, bis sie nur noch wenige Zentimeter trennten. „Ich weiß das von dem einen Lektor, Alois!" Seine Stimme klang gefährlich leise.

„Na und?" Der Bauer fühlte sich sichtlich unwohl unter dem strengen Blick des Försters, wich aber nicht zurück.

„So eine bodenlose Dummheit aber auch! Es hätte nicht viel gefehlt und du hättest unsere Pläne ruiniert! Aber gut, dieser eine Ausrutscher ließ sich kompensieren." Er starrte den Landwirt mit einem stechenden Blick an, während er fortfuhr. „Aber wenn der jungen Frau etwas zugestoßen sein sollte, oder wenn sie nicht gefunden wird, werden sie ihre Sternguckerfahrt höchstwahrscheinlich absagen. Verstehst du, was das bedeutet? Unsere wochenlang geplante Aktion würde ins Wasser fallen. Kannst du... das wäre... nicht nur eine riesige Katastrophe, sondern schlicht unverzeihlich! Denk´ nur, wie viele Leute da mit drin hängen! Verstehst du? Das... ich möchte nicht in deiner Haut stecken, wenn das auf deine Kappe ginge!"

Noch einmal starrte er den Landwirt prüfend an, lange dieses Mal, doch wieder hielt der dem prüfenden Blick stand.

„Also gut, Alois. Solltest du sie sehen..."

Der Alte winkte ab. „Bekommt sie eine Freifahrt auf meinem Traktor. Zufrieden?"

Nordt stand noch etwas da, als würde er über die letzte Antwort sinnieren und stieg dann in sein Auto.

Alois sah ihm lange mit einem verächtlichen Blick hinterher, ehe er ins Haus ging, um sich auf die von Nordt erwähnte Aktion vorzubereiten.

Währenddessen verschwendete er keinen einzigen Gedanken an seine Gefangene, die sich in diesem Moment, aus ihrer Bewusstlosigkeit erwacht, ganz allmählich ihrer Situation bewusst wurde. Überzeugt, dass der Bunker weder von außen noch von innen zu knacken sei, war er sich ihrer sicher, und das allein zählte für ihn. Im Moment lenkten die Gedanken an sie sowieso nur von den Vorbereitungen ab, und das ließ er nicht zu.

Deshalb drängte er die Fragen fort von sich, obwohl er im tiefsten Inneren neugierig war und sie ihn lockten: „Wie reagiert sie wohl auf ihr Gefängnis? Schreit sie oder lässt sie alles in stiller Angst über sich ergehen? Ob sie der Schock gleich wieder in die Bewusstlosigkeit führt, oder betrachtet das Fräulein mit schreckgeweiteten Augen die Spinnen, Ratten und anderes Ungeziefer?

Ein bisschen plagte ihn auf einmal das schlechte Gewissen, weil er sich zweimal hatte gehen lassen. Andererseits - hätten sich die anderen die günstigen Gelegenheiten entgehen lassen? Nein, die Heuchler hätten genauso zugegriffen wie er. Davon war er überzeugt.

Der Gedanke schlug das schlechte Gewissen tot. Er warf es über Bord wie unnötigen Ballast- innerhalb von Sekunden war es vergessen. Eine Tür öffnete sich. Als er hindurch trat, fand er sich in Sphären wieder, die er nur als Kind genossen hatte:

Auf einmal war es, als sei der Alois einem zähen Morast entkommen, eine Leichtigkeit befiel ihn, als müsse er sich nicht länger den Gesetzen der Schwerkraft unterwerfen. Und eine Freude kam über ihn, die er lange nicht mehr gefühlt hatte. Es war die ungetrübte Freude eines Kindes, das den Heiligen Abend nicht erwarten konnte.

„Es wird ein Fest", dachte er. „Und ich werde es rundum genießen." Er schlug sich auf die Schenkel und lachte laut auf. „Oh ja, ich werde es genießen- und das Preisgeld im Bunker wird den Spaß vollkommen machen!"

Es war der Schlussstrich unter allen moralischen Einwänden, die Niederlage eingestehend schwieg das Gewissen nun.

Der Alois beendete die Vorbereitungen, denn es war Zeit aufzubrechen.

Peter Albra Brenner   Alois und der Lektorenmord

3 Lektoren, wollt ihr ewig leben?

Mit vier Jahren hatte sie einen abscheulichen und so sehr eindrücklichen Albtraum, dass er ihr immer noch in allen Einzelheiten präsent war. Sie wurde von Hexen mit besonders hässlichen Fratzen, Monstern mit furchtbar grässlichen Klauen und Kobolden von giftgrüner Farbe gejagt und schließlich auch in Zusammenarbeit genüsslich verspeist.

Dieser abgrundtief hässliche Albtraum mit allem, was darin vorkam, war nichts im Vergleich zu dem, was sie im Moment durchlebte. Damals hatte es ein Erwachen und starke Elternarme gegeben, die sie getröstet hatten. Jetzt aber war sie bei vollem Bewusstsein und nicht zu Gast in einer Traumwelt. Iris hatte das mehrmals an sich selbst getestet und beim letzten Mal so stark zugezwickt, dass es immer noch weh tat. So gab es also keinen Zweifel daran, dass sie bei Bewusstsein war und das Eingesperrtsein mit dicken Spinnen und ekeligem Ungeziefer nicht ihrer Phantasie entsprang.

Alle paar Minuten durchlief sie ein heftiges Schaudern. Dann erinnerte sie sich an das Erwachen, als alles noch in Ordnung gewesen war, dank der pechschwarzen Nacht, die sie umschlungen hatte; die einzige wenn auch sehr geringe Irritation in Form der unbequemen Unterlage, für die es keine rechte Erklärung gegeben, die sie, noch im Halbschlaf befindlich, allerdings auch kaum gesucht hatte.

Alles war gut, oder zumindest erträglich. Der Fund der Taschenlampe hatte dann alles geändert, und das ganz eindeutig zum Schlechteren. „Dein persönlicher Nachtmahr, Kind", hörte sie ihre Großmutter in Gedanken sagen. Die hatte immer das alte Wort für Albtraum benutzt und dabei behauptet, dass es für jeden Menschen der Welt einen Nachtmahr gebe, der aus der Traumwelt in die Wirklichkeit hinüber husche und den Träumenden real heimsuche. Natürlich hatte Iris ihr nicht geglaubt und sie deshalb belächelt, getreu dem Motto, dass „Alte Menschen eben dann und wann absonderliche Dinge sagen, die man nicht für voll nehmen muss".

Jetzt musste sie ihrer Großmutter Respekt zollen und Buße tun für ihren Unglauben, weil diese Recht behalten hatte. Da die Oma tot war, würde diese keine Genugtuung empfinden, doch Iris mochte auf die Entschuldigung nicht verzichten- schon um des eigenen Seelenfriedens willen.

Im Strahl der Lampe sah sie Ungeziefer in alle Richtungen davon huschen und Zuflucht suchen in den vielen kleinen Rissen, Löchern und Hohlräumen, während eine besonders fette Ratte eher gemächlich davon lief, dann und wann versonnen in den Strahl der Taschenlampe blinzelte, ehe sie endlich in ihr Loch verschwand.

Das ertrug Iris noch in stummem Horror, aber nur, weil sich zu viele Schreie gleichzeitig auf den Weg machten, die sich gegenseitig behinderten. Aber als sie dann in ihr Haar griff, von einem ständigen Kitzeln an der Kopfhaut irritiert, ihre Hand etwas Pelziges griff und schließlich die wohl weltweit größte Kreuzspinne zurückbrachte, brach ein markerschütternder Schrei aus ihr hervor, der besagte Spinne in die Flucht trieb und ein Pfeifen in ihren eigenen Ohren erzeugte.

Nun saß sie zusammengesunken vor Erschöpfung auf der obersten Stufe direkt an der schweren Eisentür, sämtliche, wohlmanikürte Fingernägel in dem fruchtlosen Versuch, sie aufzuhebeln, ruiniert und wünschte sich, die Ohnmacht möge sie erneut umfangen. Und- noch sehnlicher- dass Marco, ihr persönlicher Held, sie baldmöglichst aus diesem Höllenloch befreien möge.

*

Der war davon meilenweit entfernt. Marco starrte auf Iris´ Handy und verwünschte sie für die abgöttische Liebe, die sie dem kleinen Gerät entgegenbrachte. Alles wäre so viel einfacher gewesen, hätte sie es nur bei sich getragen. Doch weil sie es lieber in der Hütte gelassen hatte, aus einer geradezu fanatischen Furcht, es könne ihr während des Streckenlaufs verloren gehen, hatte sie sich selbst einen Bärendienst erwiesen. War das zu fassen? „Das hast du nun davon, du Großstadtziege!", warf er ihr in Gedanken zu. „Jetzt irrst du wahrscheinlich wochenlang im Gehölz umher. Geschieht dir gerade recht!"

Sein Sinnieren wurde von dem Geräusch mehrerer heranfahrender Traktoren unterbrochen. Er hob den Kopf und bemerkte überrascht, wie lang die Schatten mittlerweile geworden waren. Nun also sank die Sonne dem Horizont entgegen und Iris war immer noch nicht gefunden.

Kurz darauf klopfte Frau Timm an die Tür und teilte ihm mit, dass die Polizei eingetroffen sei. Mit einem Stoßseufzer folgte er ihr nach draußen, wo er alle Blicke auf sich gerichtet sah.

Die beiden Polizistinnen erbaten ein möglichst aktuelles Bild von Iris, nicht ohne das Versprechen, dass er es zwei Minuten später zurückerhalten würde. Marco überreichte ihnen ein zwei Wochen altes Passfoto. „Wie es das Schicksal so will, hat sie neulich einen neuen Pass beantragen müssen. Erstaunlich, wie der Himmel manchmal lenkt, gelle?", erklärte er, allerdings ohne eine Resonanz hervorzurufen. „Was seid ihr nur für ein tranfuseliger, dumpfbackiger Sauhaufen!", schimpfte er in Gedanken. „Echt, gäbe es den Säbelzahntiger noch, ihr wärt längst schon gefressen!"

Vor den erstaunten Blicken der Zuschauer spielte sich dann so etwas wie Zauberei ab: Es hatte den Anschein, als hätte die Größere der beiden Beamtinnen das Passfoto einfach auf ihrer Handfläche gehalten, ehe sie erklärte, dass die Sache erledigt sei und es einem verdutzten Marco mit einem „Vielen Dank" zurück gab.

Die Kleinere lächelte und erklärte dem perplexen Publikum: „Laut Hersteller ist es das kleinste Faxgerät der Welt. Es verteilt das Foto auf die Reviere im Umkreis von zweihundert Kilometern." Sie tätschelte Marcos Schulter in kollegialer und aufmunternder Weise, während die andere die hauchdünne Platte zeigte, die als Faxgerät fungierte. „Keine Angst, wir finden sie. Egal, wo sie steckt. Dafür bürgen wir und über eintausend unserer Kollegen."

Mit den Worten stieg sie ins Auto zu ihrer Kollegin, die schon ungeduldig ans Lenkrad trommelte und, kaum dass sie saß, den Wagen in Bewegung setzte.

„Ihr Wort in Gottes Ohr!", schickte er ihr in Gedanken hinterher, während die Staubwolke des Dienstwagens noch in der Luft hing.

Dann trat Frau Timm mit dem Förster auf ihn zu. Der wiederum deutete mit dem Kopf auf einen älteren Bauern, der ein paar Schritte hinter den beiden stand. „Das ist der Wagner Alois. Ihm gehört der Hof, auf dem sich Ihre Freundin aufgehalten haben soll."

Marcos Blick wanderte sofort von Nordts Gesicht zu dem des Bauern. Der sah freundlich, aber desinteressiert aus. Das bedeutete, er musste eigentlich nicht fragen, aber Marco konnte sich nicht helfen. „Haben Sie sie gesehen?" Er hielt dem freundlich lächelnden Herrn das Foto von Iris unter die Nase.

Der schüttelte nur leicht den Kopf. „Tut mir leid, auf meinen Hof verirrt sich nie jemand."

Dem widersprach gleich der Kerl, der beim Essen ständig mit vollem Mund gesprochen hatte. „Wir waren aber da."

Der Bauer lächelte milde weiter. „Mag schon sein. Solange ich auf dem Hof war, habe ich niemanden gesehen." Und, achselzuckend: „Bin ja auch nicht andauernd da."

Marco packte das Foto weg. Er war nicht sonderlich enttäuscht, weil er dem Herrn Wagner gleich angesehen hatte, dass der nichts wusste.

Ute Timm nahm ihn am Arm. „Wissen Sie, wir können die Sternguckerfahrt immer noch ausfallen lassen. Ich denke, ich spreche für uns alle, wenn ich sage, dass uns die Lust daran vergangen ist."

Marco winkte ab. „Nein, bitte, nicht absagen. Das will ich nicht!", erklärte er bestimmt. Und dann, lächelnd und eine Spur zu laut, so dass es aufgesetzt klang: „Vielleicht finden Sie sie ja unterwegs." Danach scheuchte er alle, die sich anboten bei ihm zu bleiben auf die Anhänger. Sobald diese vollbepackt waren, setzte sich der Tross in Bewegung.

Minuten später, als die letzten Geräusche der Traktoren verhallt waren, umgab ihn vollkommene Stille. Sie war ihm verhasst, einerseits, weil es nun nichts mehr gab, das ihn ablenkte und die Gedanken betäubte, die mit Iris und dem, was mit ihr geschehen sein könnte, zu tun hatten. Die Einsamkeit wiederum war ihm willkommen, denn nichts war ihm mehr zuwider, als die Gesellschaft der anderen- das schloss auch diejenigen ein, die er wohl leiden konnte. Er musste jetzt für sich sein, nur so konnte er das mit Iris ordnen.

Das war der Plan. Dessen Umsetzung jedoch verhinderte die kleine, schrumpelige Frau, der er sich plötzlich, wie aus dem Nichts, gegenüber sah. Sie sah so unwirklich aus, fast wie ein Kobold, dass er unvermittelt mehrmals blinzelte. Mit dem Ergebnis, dass sie immer noch da stand und ihn anlächelte.

Auf einmal wünschte er sich nun doch die Anderen zurück, oder wenigstens einen weiteren seiner Kollegen, egal wen, selbst den Mampfer hätte er willkommen geheißen. Denn, ganz ehrlich, die alte Frau kam ihm komisch vor, als hätte sie nicht alle Tassen im Schrank. Der Eindruck bestätigte sich, als sie den Mund öffnete und sprach.

„Seien Sie froh, dass Sie nicht mitgefahren sind. Die wollen denen eine Lektion erteilen!", erklärte sie und deutete mit dem Kopf in die Richtung, in die die Traktoren verschwunden waren.

„Da kann ich in der Tat ja froh sein", antwortete Marco und lächelte sie an. Gleichzeitig wandte er sich in Richtung Hütte, in der festen Absicht, schnell darin zu verschwinden und ebenso schnell die Tür hinter sich zu schließen. Die Alte trat ihm aber, erstaunlich agil, in den Weg. „Sie sollten wirklich zusehen und von hier verschwinden! Wenn die mit denen fertig sind, werden sie bestimmt zurück kommen."

„Hau bloß ab!", dachte er in Gedanken und wollte sich an ihr vorbei ins sichere Innere flüchten. Aber dann sagte sie etwas, das ihn in seinen Bewegungen innehalten ließ.

„Ach ja, Sie können nicht weg, nicht? Ihre Freundin ist ja noch verschwunden, nicht?"

Sie lächelte weiter, er nicht. Sie hatte natürlich sein Interesse geweckt und erschien auf einmal etwas normaler, als auf den ersten Blick. „Wissen Sie etwas darüber? K...können Sie mir einen Tipp geben, wo ich suchen..."

„Der Alois hat nicht die ganze Wahrheit gesagt", unterbrach sie ihn. „Der hat sie schon gesehen, Ihre Freundin."

Marco holte schnell das Passfoto hervor, hielt es ihr hin. „Ja, ja, das ist sie. Ganz sicher."

In ihm brodelte es. Am liebsten wäre er sofort ins Auto gestiegen und dem Konvoi hinterher gefahren. Zuerst aber musste er alles erfahren, was die Frau wusste. „Was hat er mit ihr gemacht?"

Sie zog die Schultern hoch. „Das weiß ich leider nicht. Ich habe nur gesehen, wie er mit ihr gesprochen hat. Sie ist da auf der Bank vor seinem Haus gesessen. Dann sind sie zusammen rein gegangen."

Marco merkte deutlich, wie ihm die Röte ins Gesicht stieg. Seine Stimme zitterte, als er sprach. „Noch was?"

„Nein, tut mir Leid. Hab´ mir nichts dabei gedacht, ich meine, was geht es mich an, wen der Alois alles in sein Haus lässt?"

Marco schloss kurz die Augen, um die Informationen schnell an ihren Platz fließen zu lassen. Wieder offen, sah er die Frau noch immer lächeln. „Wo..."

Die Emotionen kochten hoch, so dass ihm die Stimme versagte. Eine volle Minute gingen ins Land, bis er sich wieder im Griff hatte. „Wo fährt der Tross hin? Wissen Sie das?"

„Sicher, da gibt es nur einen Ort. Zwölf Kilometer von hier entfernt liegt eine riesige Lichtung, die gerne zum Feiern benutzt wird, und zwar von allen acht Dörfern in der Umgebung. Dorthin werden Ihre Kollegen gebracht, und dort wird sie eine sehr unangenehme Überraschung erwarten."

Marco dankte der Frau, stürmte in die Hütte, während er mit Iris´ Handy 110 anwählte, suchte in aller Hektik nach seinem Wagenschlüssel, spurtete wieder nach draußen, rannte dabei fast die Frau um, die immer noch auf ihrem Platz stand, entschuldigte sich dafür, ärgerte sich einen Wolf, weil das Handy angeblich kein Netz fand, wählte erneut, kam beim Wagen an- und ließ beinahe das so wohlgehütete Accessoire seiner Freundin in den Dreck des Parkplatzes fallen.

Sie hätte es ihm in diesem Fall sicherlich verziehen und ihm den Schock zugestanden, der ihn lähmte, weil es ihr bei dem Anblick nicht viel anders ergangen wäre. Denn, ganz ehrlich, so richtig hatte er der Frau nicht geglaubt. Das mit seiner Freundin schon, die hatte sie ja eindeutig identifiziert, ohne zweimal hinschauen zu müssen. Anders dieses Gerede von Lektionen, die seinen Kollegen und Kolleginnen erteilt werden sollten. Das hatte, also bestenfalls, etwas seltsam geklungen. So ganz echt war die Alte dann eben doch nicht.

Dieses beruhigende Urteil hatte so lange Bestand gehabt, bis er den Parkplatz betreten hatte. Da wusste er, dass sie ihm keinen Unsinn erzählt hatte.

„Uiuiuiuiuiuiuiuiui!", hörte er sie hinter seinem Rücken ausrufen. Und dann nochmals, als sie neben ihm stand: „Uiuiuiuiuiuiuiuiui! Das ist ja eine schöne Sauerei!"

Marco nickte, langsam, fast wie in Zeitlupe und ging ihr hinterher, vorbei an den Autos seiner Kollegen und an seinem eigenen. „Nun haben sie also noch eines gemeinsam, außer dass sie einem Lektor gehören", dachte er, und fast kam ihm das Heulen bei dem Anblick seiner neuen Reifen, die auf den Tag zwei Wochen alt waren. Die waren jetzt genauso zerstochen wie all´ die anderen und er damit auf diesem Parkplatz gestrandet.

*

Indes genossen selbst die größten Kritiker des Wochenendes die Sternguckerfahrt in vollen Zügen. Es war der erste Programmpunkt, neben dem Essen, der allgemein Anklang fand und infolge dessen Ute Timm keine miesen Kommentare zu fürchten brauchte.

Nicht nur deshalb fühlte sie sich rundum wohl. Sondern auch, weil sie mit ihren fünf liebsten Kollegen auf einem Wagen fuhr. Alles lief so gut, dass es ihr für kurze Abschnitte sogar vergönnt war, Frau Geralds überaus unglückliches Verschwinden und das Mysterium um Dannenbergs Nichtauftauchen zu vergessen. Da war sie, da waren „ihre" fünf, da war der sich schnell verdunkelnde Himmel, da waren die ersten Sterne und zu guter Letzt die erste Fledermaus, die so dicht über ihrem Haar flog, dass sie sie hätte greifen können.

Sie atmete auf. Gedanklich rief sie jedem Einzelnen der mittlerweile fröhlichen Meckerfritzen triumphierend zu: „Seht ihr es jetzt, ihr Stinker?"

Es lief gut, eigentlich hätte Timm restlos zufrieden sein können. Das verhinderte nur Frau Zanker, die sie ständig an Marco Rohlenz' Abwesenheit erinnerte. Die hielt dessen Platz besetzt, nachdem festgestanden hatte, dass er der Sternguckerfahrt fernbleiben würde.

Sie hatte sie nicht ohne Grund auf einen anderen Wagen eingeteilt. Es gab praktisch keine Methode, sie zum Schweigen zu bringen. Während von den anderen lediglich einzelne Bemerkungen über diesen oder jenen schönen Anblick fielen, redete sie wie ein Wasserfall. Das wäre ja noch erträglich gewesen, hätte sie nur einmal Bezug auf das tatsächliche Geschehen genommen. Stattdessen hatte man dauernd das Gefühl, vor ihrem Inneren liefe ein Kinofilm ab, der nichts, aber auch schon gar nichts mit dem wirklichen Geschehen zu tun hatte.

Ute Timm und ihre Kollegen hatten gelernt, es weitestgehend auszublenden. Ganz im Gegensatz zu dem Traktorfahrer. In seinen Blicken, die er gelegentlich nach hinten warf, stand alles geschrieben, was er über die Plaudertasche dachte. Jedes Mal sah der Mann irritierter aus, sehr zum Amüsement seiner Passagiere. „Ich hätte ihn wohl vorher aufklären müssen!", dachte Ute Timm, während Frau Zanker munter weiterplapperte, ohne auch nur einmal die Blicke des Mannes zu bemerken.

„Die bring' ich als erstes um!", dachte der und malte sich, je länger die Fahrt und das Plaudern dauerte, immer perfidere Methoden aus. Das Grinsen, das dabei in sein Gesicht trat, glich so sehr dem Jack Nicholsons in „Shining", dass er es jedes Mal aus dem Gesicht wischte, ehe er wieder einmal nach der nervtötenden Schwatzkröte schaute- schließlich wollte er seine „Fracht" nicht vorzeitig beunruhigen. Die sollten ruhig denken, alles sei in Ordnung.

*

Iris Gerald wusste schon längst, dass nichts in Ordnung war. Seit Tagen lag sie hier in diesen unseligen Mauern gefangen, fernab jeglicher Hilfe und sah machtlos zu, wie sich ihre Hoffnung langsam aber sicher verabschiedete. Sie war die letzte Verbündete, denn selbst die eigene Uhr ließ sie im Stich. Anstatt die Zeit richtig anzuzeigen, erklärte das blöde Ding, es seien erst zwei Stunden seit ihrem Erwachen vergangen. Es war, als wolle sie sie auch noch necken, ach was, necken, verarschen! Als ob sie, Iris, ernsthaft glauben würde, die Zeit vergehe langsamer an diesem unheiligen Ort! Ratten und Spinnen gewöhnten sich schließlich nicht so schnell an einen Menschen. Wenn doch, der Himmel bewahre sie! Sie flohen jedenfalls nur noch halbherzig im Schein der Taschenlampe. Immerhin ließen sie sich noch von ihren Schreien beeindrucken. Doch auch nicht mehr so sehr, wie noch am Anfang, dachte sie voller Entsetzen.

„Die Hölle kann unmöglich schrecklicher sein!", murmelte sie den Bewohnern des Bunkers zu und fragte sich zum x-ten Mal, warum sie diese Tortur verdient hatte. Was hatte sie denn Schreckliches angestellt, um derartig abgestraft zu werden? Die Antwort war: „Nichts! Rein gar nichts!"

Mörder, Ehebrecher, Kinderschänder, Umweltvergifter. *Die* hatten das hier verdient, nicht aber sie! Sie, die im ganzen Leben noch kein Knöllchen bekommen hatte und immer auf den Pfaden des Gesetzes wandelte. Ja, Donner und Doria, wo kam man denn da hin, wenn jetzt schon Vorzeigebürgerinnen abgestraft wurden? In die blanke Anarchie, in den Abgrund, in... zum Untergang der Menschheit, so sah es aus!

Ratten! Spinnen! Ungeziefer! Welch´ perverses Schwein hatte sich das für sie ausgedacht? „Komm´ her und zeig´ dich, wenn du dich traust! Dann wirst du dein blaues Wunder erleben, du blöde Sau!" Die Fingernägel waren ruiniert, doch zum Auskratzen von Augen waren sie immer noch zu gebrauchen. Das würde er gleich merken, wenn er zurück kam!

Wenn er dann blind durch die Gegend stolperte, würde sie ihm freundlich für das Essen und Trinken danken. Es war ihr ernst. Hunger und Durst hatten sie nicht verlassen, nur weil sie in Gefangenschaft war. Das Frühstück war lange her, dementsprechend grummelte es in ihrem Magen. Die Kehle fühlte sich an wie ein Wadi, der seit langem keine Regenzeit mehr gesehen hatte.

Und doch aß und trank sie nicht. Schuld daran trugen die Ratten. Iris hatte alles ganz genau gesehen! Wie sie mit ihren spitzen Schnauzen an der Trinkflasche und dem Korb mit Essen herumgeschnüffelt hatten. Essen und Trinken war damit passé´. „Ihr habt die Pest über Europa gebracht!", klagte sie die Nager an. „Mit eurem Speichel, der jetzt auch am Korb und der Flasche klebt, habt ihr die Menschen umgebracht, ihr verdammten Biester!" Und im Geheimen dachte sie, dass die Ignoranz vielleicht doch manchmal ein Segen sei. Oder die Arglosigkeit, die sie manchmal an Marco bemängelte. Der hätte womöglich trotzdem zugeschlagen und seinen Hunger und Durst gestillt.

Es war schwer, diese Bedürfnisse zu ignorieren. Iris ließ ihre Gedanken bewusst in andere Bahnen gehen, um dagegen anzugehen.

„Du hast schon einiges herausgefunden, altes Mädchen!", wisperte sie. „Das Gebäude ist alt, die Mauern sind aber noch erstaunlich intakt. Sonst hätte dich dein Entführer auch nicht hierher gebracht. Es ist verdammt ruhig hier. Alles ist totenstill. Wo auch immer dein Gefängnis liegt, es ist keine Siedlung in der Nähe. Oder Straße. Der Wald dehnt sich sowieso in alle Richtungen aus, Gott allein weiß, wie lange du gehen musst, bis du wieder in der Zivilisation bist!"

Iris machte eine Pause. Sie war am Ende der Liste angekommen. Doch am Rande schwebte ein weiterer Satz, den sie nicht in den Mund nehmen wollte. Er war die Zusammenfassung all´ dessen, was sie herausgefunden hatte. Eine Art negative Kulmination, die die Aussicht auf eine Lösung des Dilemmas zunichte machte. Iris schauderte bei den Worten, die wie Hammerschläge auf sie einwirkten: „Hier kannst du schreien, bis du schwarz wirst- es wird dich keiner hören!"

Es war gut, dass sie nichts von den Bildern wusste, die im gleichen Moment durch Alois Wagners Kopf gingen. Er bewies eine erstaunliche Phantasie im Ausmalen der Art und Weise, wie er ihr den Garaus zu machen gedachte. Mit jedem neuen Bild wurden die Methoden abartiger, quälender, langwieriger. Die ganze Zeit über hatte er ein recht erfreutes Lächeln im Gesicht, das die Passagiere seines Traktors für die pure Freundlichkeit hielten. Sein Jauchzen, als er glaubte, die ultimative Tötungsart gefunden zu haben, die das Fräulein im Bunker, wenn er es nur geschickt genug anstellte, bis zu einer Woche am Leben ließ, fiel zufälligerweise mit dem der Lektoren auf den Anhängern zusammen, denen der Himmel gleich mehrere Sternschnuppen auf einmal schenkte. Dadurch wuchs er seinen Passagieren etwas ans Herz und sie begannen, „ihren" Bauern zu lieben.

*

„Meine Güte, die hat sie doch nicht alle beisammen!", dachte Marco. Da wusste er schon von der Frau, dass sie im Besitz eines Traktors, eines Fahrrads, eines Mofas - und sogar eines Autos war. Warum sie dann die ganze Strecke vom Dorf zur Waldhütte gelaufen war, blieb schleierhaft. Das aber war ihre Sache ganz alleine.

Was ihn zu dieser Einschätzung brachte war die Tatsache, dass sie ihm partout keines ihrer Fahrzeuge überlassen wollte, obwohl sie selbst ihn zur Flucht gedrängt hatte und zugab, dass Eile geboten war, wenn er denn seinen Mitlektoren zu helfen gedachte.

„Frau..." Das war jetzt der dritte Versuch, ihren Namen herauszufinden, doch sie lächelte ihn nur an, ohne ihn preiszugeben. „Die treibt mich noch in den Wahnsinn!", stöhnte Marco innerlich auf.

„So helfen Sie mir doch bitte! Sie können doch nicht guten Gewissens zulassen, was Ihre Mitbürger da geplant haben! Das...das müssen...Sie müssen doch mithelfen, es zu verhindern!"

Nur Sekunden später wich jegliche Farbe aus seinem Gesicht. Da schaute er in die Mündung einer Pistole. Die Frau lächelte jetzt nicht mehr. Sie zog die Stirn kraus und eine Augenbraue missbilligend nach oben.

Marco spürte, wie seine Knie weich wurden. Seine Hand fuhr automatisch aus, Handfläche nach vorne, in einer beschwichtigenden Geste. Die wollte er gerne mit Worten unterstützen, doch seine Stimme ließ ihn im Stich. Sein Blick war gefangen von ihrem rechten Zeigefinger, der am Abzug spielte. Vor und zurück, vor und zurück. „Vater unser, der du bist im Himmel..." Marco ratterte das Gebet in Rekordzeit herunter, weil er seinen letzten Atemzug gekommen sah.

Peter Albra Brenner   Alois und der Lektorenmord

Dass sie ihm die Pistole in die Hand gedrückt hatte, mit einem fast schon verletzten Gesichtsausdruck und den Worten: „Aber ich helf´ Ihnen doch!", bemerkte er erst zwei Minuten später, als die alte Frau längst schon davon gegangen war.

„Danke!", rief er ihr hinterher, auch wenn sie es nicht mehr hören konnte. „Ein Auto wäre mir trotzdem lieber gewesen. Oder wenigstens Schießunterricht!"

Dann lief er los. Was blieb ihm anderes übrig? Zwölf Kilometer hatte die Frau gesagt, wären es bis zu diesem Versammlungsort, an dem diese eine, unangenehme Überraschung auf seine Kollegen wartete. Lächerlich! Wie sollte er dort jemals rechtzeitig hinkommen?

*

Die „Ahs" und „Ohs" nahmen kein Ende. Der Himmel zeigte sich aber auch von seiner prachtvollsten Seite, so dass alle - bis auf Waltraud Zanker, die als Einzige nichts von alledem mitbekam - bemerkten, wie schade sie es doch fanden, vorher niemals so eine nächtliche Ausfahrt unternommen zu haben. Was Wunder, wo sie doch praktisch mit Sternschnuppen bombardiert wurden!

Je länger die Fahrt, desto euphorischer wurden die Lektoren und diese Euphorie steckte ihre Fahrer an, so dass bei einigen von ihnen sogar Sympathien für ihre Passagiere entstanden.

Alois bemerkte die Gefahr sofort. Die Veränderung in der Einstellung war praktisch greifbar. Angewidert schüttelte er den Kopf. „So leicht lässt sich unsere Dorfbevölkerung also beeinflussen. Als ob ich es nicht gewusst hätte!"

Er begann, fieberhaft nach einer Möglichkeit zu suchen, die abtrünnigen Genossen zurück auf die Spur zu bringen, ohne das Misstrauen der Lektoren zu erwecken. Aber alles, was ihm in den Sinn kam, war zu offensichtlich und plump. „Dieser Scheiß Sternenhimmel!", schimpfte er lautlos, „was muss der ausgerechnet heute Nacht so verdammt beeindruckend sein!" Mit seiner rechten Hand formte er eine Pistole- den Zeigefinger ausgestreckt- und schoss auf den immer noch in bester Geberlaune befindlichen Himmel.

Es fehlte nicht viel, und die lange geplante Aktion wäre ins Wasser gefallen. Alois bemerkte wohl, wie seine Mitverschwörer nach und nach abfielen. Abgekackt, nur wenige Zentimeter vor dem Ziel. All´ die laut geäußerten

Peter Albra Brenner   Alois und der Lektorenmord

Rachegedanken, der vieltausendmal geleistete Schwur, „es diesen Affen heimzuzahlen", die seligen Blicke, wenn sie sich gegenseitig vorschwärmten, wie diese Lackaffen wohl schauen würden, wenn sie erst verstünden, was ihnen bevorstand- für nichts! Nur hohles Geschwätz, weiter nichts! Alois wünschte sich seine echte Pistole herbei. Die lag wohlverstaut zuhause, damit ihm nicht etwa in den Sinn kam, die Lektoren, die für ihn abfielen, einfach zu erschießen. Wer war er denn, jemanden auf solch´ einfallslose Art zu töten?

Ha! Die untreuen Burschen hatten keine Ahnung von ihrem großen Glück! Allen voran dieser schwachsinnige Brandtner Bursche. Alois stellte sich vor, wie der direkt vor seinem Traktor stand. Ah, der Gedanke, wie das gute, alte Gerät durchgeschüttelt wurde, während seine Räder langsam über diesen Parasiten rollten...

Er war so in den Bildern gefangen, dass er zunächst das Wunderbare völlig überhörte. Und als es ihm endlich bewusst wurde, glaubte er zu träumen. So viel Glück schien ihm nicht geheuer, es konnte nur ein Trick sein oder eine Sinnestäuschung. Alles, wirklich alles war ihm in den Sinn gekommen - nur nicht die Möglichkeit, dass sich die Lektoren selbst ihr Grab schaufeln könnten! Er hatte seine Felle bereits uneinholbar davonschwimmen sehen. Und dann das!

„Schaut euch nur diesen Sternenhimmel an. Schaut ihn euch an. Wow, das ist so großartig!" Diese Worte leiteten die Wende ein. „Wären doch nur alle eingereichten Manuskripte so! Oder wenigstens ein Prozent von mir aus! Warum bekommt man als Lektor nur so viel unverdaulichen Müll vorgesetzt und rein gar nichts, was diesem himmlischen Schauspiel gleicht? Was würde ich nicht darum geben, wenn ich jeden Tag so etwas Perfektes vorgesetzt bekäme, statt dieser stümperhaften Ergüsse!" Es war der Mampfer, der den Untergang einleitete. Es entsprach normalerweise nicht seiner Art, öffentlich über das zu reden, was ihm bei der Arbeit auf den Magen schlug. Dieses eine Mal hatte er sich verleiten lassen- es war der denkbar ungünstigste Moment und die fatalste Entscheidung seines Lebens. Sie brachte eine Kettenreaktion zu Ungunsten der Lektoren in Gang:

Andere auf den Wagen fielen in das Lästern ein- die heimelige Stimmung war dahin- die Hassgefühle der Fahrer erhielten wieder die Oberhand.

Innerhalb kürzester Zeit hatten sich Alois´ Sorgen erübrigt. Beruhigt lehnte er sich in seinen Fahrersitz zurück und genoss die Sternguckerfahrt erneut in vollen Zügen.

*

„So ein blöder Scheiß!" Rohlenz kniete auf dem Waldweg, völlig außer Atem. Er spürte die zurückgelegte Strecke in jedem einzelnen Knochen und fühlte sich matt, als sei er einen Marathon gelaufen. Dabei hatte er höchstens zwei Kilometer zurückgelegt, wie er sich selbst eingestehen musste.

„Das hat doch keinen Sinn! Das... das kannst du vollkommen vergessen!" Niemand hörte seine Worte, außer einer Eule in einem nahegelegenen Baum. Sie schien seine Einschätzung zu teilen, denn sie rief leise in die Nacht hinein, kaum dass er diese Worte gesprochen hatte. Marco winkte dem für ihn unsichtbaren Tier zu. „Du bist also auch der Meinung, mein Freund, was?"

Der Galgenhumor hielt nicht lange an. Rohlenz wusste genau, dass er so nicht weiter kam. Egal wie, er musste sich ein Fahrzeug organisieren. „Also zurück!" seufzte er und begann, die mühsam gewonnene Strecke zunächst langsam und dann im Trab zurück zu gehen. „Vielleicht ist die Alte ja endlich zur Vernunft gekommen", dachte er, ohne große Hoffnungen darauf zu setzen.

*

Iris sah jedes Mal dasselbe, wenn sie die Lampe anschaltete: Die Spinnen und Ratten kamen und gingen, wie es ihnen in den Sinn kam. Die Wände boten ihnen keinen Widerstand, ja sie schienen für das Tiervolk gar nicht existent.

Das fand sie ziemlich ungerecht, und manchmal schmiss sie mit kleinen Steinchen nach den huschenden Gesellen und überzog sie mit wenig schmeichelhaften Namen.

Ja, sie hatte sich in der Zwischenzeit mit ihren Mitgenossen arrangiert, einzelnen von ihnen sogar Spitzamen gegeben. So wie der besonders dicken Kreuzspinne ganz oben am Eingang des Bunkers, die sie „Die dicke Berta" taufte und einer fetten Ratte, die sie in Anlehnung an den Bullen von Tölz „Benno" nannte.

Sie traute ihnen deshalb aber noch lange nicht. Es kam ihr nicht in den Sinn, dem Drängen des Schlafes nachzugeben, aus der Furcht heraus, das

Ungeziefer könne ihre Achtlosigkeit ausnutzen und sich über sie herma-chen. Diesen Gedanken wurde sie nicht los, obwohl doch die bunkereigene Fauna das Interesse an ihr verloren zu haben schien.

Aus Furcht, die Batterie könne sich erschöpfen, ließ sie die Taschenlampe weitgehend ausgeschaltet; sie machte sie nur dann an, wenn sie die Dun-kelheit überhaupt nicht mehr aushielt.

Die Intervalle waren länger geworden. Anfangs hatte sie die Nacht nur für Sekunden ausgehalten, wahnsinnig gemacht von den unzähligen Geräu-schen, die die Luft erfüllt hatten. Der Bunker hatte wie eine Diskolandschaft gewirkt, das Aus und An der Lampe wie ein Blitzlicht, hervorgebracht von einem sogenannten Strobelight.

Nach einer gewissen Zeit war ihr der Gedanke gekommen, dass es der Taschenlampe nicht gut tat, so dass sie sicherlich bald den Dienst quittieren würde, wenn sie so weitermachte. Das war der Anfang des Arrangements mit ihrer Umwelt gewesen, und ganz allmählich war sie in ruhigeres Fahr-wasser geraten.

Da ihre Uhr kein Licht erzeugte, wusste Iris nur bei eingeschalteter Ta-schenlampe, wie lange sie die Dunkelheit ausgehalten hatte. Der letzte Intervall brach alle Rekorde und sie staunte über sich selbst. „Eine halbe Stunde. Du machst dich, altes Mädchen", sagte sie und lächelte Benno an, der just in dem Augenblick aus einer Ritze hervor kam.

Das Lächeln auf ihrem Gesicht erstarb, als sie etwas Merkwürdiges sah. Ratten kannte sie zwar nur aus allergrößter Ferne, und eher konnte sie einen bizarren Tiefseebewohner beschreiben als einen dieser Nager, den-noch glaubte sie, dass die tanzenden Haare auf Bennos Rücken nicht die Norm waren. „Haare tanzen nur, wenn sie durch Luft in Bewegung kom-men. Durch einen Luftzug zum Beispiel. Oder durch einen Wind."

Dies registriert, gab es kein Halten mehr.

Iris jagte dem armen Benno den Schrecken seines Lebens ein. Wie eine Furie kam sie auf ihn zugestürmt, so dass er sein Heil laut quiekend in der Flucht suchte.

Kaum an der Ritze angekommen, spürte sie den Luftzug deutlich. Es war, als hätte sie den Heiligen Gral gefunden und sie begann, wie ein Berserker an den Steinen zu zerren und zu drücken. Freiheit! Ganz eindeutig spürte sie den Duft der Freiheit. In Gedanken errichtete sie bereits einen Altar für

Benno, der sie auf die Spur der Freiheit, raus aus dem Gefängnis, gebracht hatte.

*

Die Überraschung war den Fremdenführern gelungen. Zunächst verstand Ute Timm nicht, weshalb der ganze Tross mitten im Wald, wie es schien, anhielt. In Gedanken ging sie die Arrangements für die Nacht durch und fand keine Abmachung für einen Zwischenstopp inmitten endloser Baumreihen.

Die Szenerie war romantisch genug. Ein loderndes Lagerfeuer, der Duft von bratenden Würstchen, das Geräusch von gekappten Kronkorken auf Bierflaschen...

Lächelnd schüttelte sie den Kopf, als ihr der Sinn des unvorhergesehenen Stopps bewusst wurde. „Na, da haben Sie sich aber etwas Schönes überlegt!", sagte sie ihrem Traktorfahrer.

Der freute sich sichtlich über das Kompliment. „Ja, ja, gell, damit haben Sie nicht gerechnet?"

„Ganz und gar nicht."

Der Bauer reichte ihr die Hand. „Kommen Sie nur. Achten Sie bitte auf das Gelände. Es ist ein bisschen tückisch."

„Wie galant." Frau Timm fühlte sich geschmeichelt. „Vielen Dank." Als sie auf das Feuer zu traten, war sie überwältigt. Ihre Gastgeber hatten scheinbar keine Mühen gescheut und unzählige Biertischgarnituren um das Feuer herum aufgebaut. Schon die Zahl der Bierkästen entlockte einem der Lektoren den Kommentar „Leute, es ist Oktoberfest!"

Binnen Minuten waren alle mit Flaschen und Wurstwecken versorgt- selbst die Vegetarier, die ihr fleischloses Dasein angesichts des Ambientes vergessen zu haben schienen.

„Ein Wunder! Nichts Geringeres als ein Wunder!" Ute Timm erkannte „ihre" Lektoren nicht mehr wieder. Auf einen Schlag war die Angestaubtheit, die ihr in den Jahren immer mehr zuwider geworden war, vollkommen verschwunden. „Wenn das so weiter geht und das alles keine Momentaufnahme ist, könnte die Alternativveranstaltung hinfällig sein", dachte sie schmunzelnd, während der Gerstensaft ihre Kehle hinab rann. Sie war nicht die Einzige, der angesichts der urigen Szene Zweifel in Bezug auf den gefassten Entschluss kamen. Die Veranstalter, allen voran Bürgermeister

Stoltz, bekamen erneut kalte Füße. Angesichts der fröhlich feiernden Lektoren schien ihr Vorhaben mehr als verwerflich, und ähnlich wie zuvor während der Fahrt waren sie nicht weit davon entfernt, die Sache abzublasen. Fast wären die Damen und Herren aus den Verlagen ihrem Schicksal entkommen. Aber nur fast.

Die Erinnerung war es, die ihnen einen Bärendienst erwies. Sie konfrontierte die Dorfbevölkerung irgendwann mit den unzähligen Ablehnungsschreiben, mit denen mühelos alle Dorfstraßen der Umgebung gepflastert werden konnten.

Gift und Galle- sie waren das Produkt dieser Erinnerung. Sie hatten im Vorfeld die Menschen der acht Dörfer, die von den Ablehnungen der Verlage betroffen waren, zum Racheplan getrieben. Das Unternehmen war von langer Hand geplant. Auch auftretende Skrupel waren mit einkalkuliert. Stolz, Nordt und ein, zwei andere hatten jedenfalls damit gerechnet. Denn schließlich waren sie keine kaltblütigen Killer, sondern normale Bürger. Die würden sie auch nach dieser Nacht bleiben. Nur Menschen ohne Gewissen kannten keine Skrupel. Sie gehörten nach allem was Recht war in die Kategorie „Ungeziefer".

Der Verbrüderungseffekt verpuffte jedenfalls irgendwann. „Eine weitere Hürde ist genommen!", dachte Stolz. „Ich bin doch sehr gespannt, wie viele noch auftauchen werden!"

Die Lektoren konnten nur auf eine hohe Anzahl hoffen. Denn sonst sah es wahrlich düster für sie aus!

*

„Natürlich. Wie kam ich nur auf den Gedanken, dass sie da sein würde?" Marco fiel wie ein nasser Sack in den Staub des Waldbodens. Er hatte alles aus sich herausgeholt, und nun lag er erst einmal auf dem unebenen, mit spitzen Steinen versehenen Untergrund, zu erschöpft, um sich einen bequemeren Ort zu suchen. Die Hütte stand wie ein dunkler Klotz, nur wenige Schritte von ihm entfernt. Sie war ihm zuwider. Marco dachte nicht im Traum daran, sie zu betreten. „Und wenn es wie aus Kübeln gießt- ich geh´ da nicht rein!"

Sein Blick war zwangsläufig auf den herrlichen, sternenübersäten Himmel gerichtet. Nach nur wenigen Augenblicken war Marco vollkommen von dem Anblick gefangengenommen. Es war, als folgten seinem Blick in die unend-

45

lichen Weiten des Raumes auch die Sorgen der Nacht, die Ängste, das Brutale, das die alte Frau ihm vorher gesagt hatte und vor allem die Sorge um seine geliebte Iris. Weg. Fort. Einfach fort, nichts wissen von alledem, das hier unten vor sich ging, der ganze Mist einfach nicht vorhanden, fort... Es half. Wie in der Kindheit, der Jugendzeit, es half. Als ob das Vakuum alles Bittere herauszöge und für immer in den Unendlichkeiten verschwinden ließe. Marco hatte das Gefühl ganz vergessen, diese Freiheit, Leichtigkeit, die folgte, sobald er sich, wie in jüngeren Jahren, dem Sternenhimmel hingegeben hatte; sich fortgeträumt auf ungesehene Welten, die so viel besser waren als diese eigene, bevölkert von Wesen, die keine Gehässigkeit kannten, Wesen, die dem biblischen Eden, diesem Paradies, in dem alle einträchtig beieinander wohnen, so nahe kam. Fort. Weg. Erleichterung. Friede. Tiefer Friede.

Und Schlaf. Verwirrung. Denn plötzlich war die Sicht eingetrübt. Von dem Staub des Waldbodens. Und die Stille durchdrungen von Geräuschen. Von quietschenden Reifen.

„Was..." murmelte er, nicht begreifend. Und es wurde nicht besser. Seltsame Worte flogen an sein Ohr, die ihn noch mehr verwirrten, statt Klarheit zu bringen.

„Ja, geht es dem Herrn noch gut? Was hat der Herr hier, mitten auf dem Waldweg zu suchen? Ja, weiß er nicht, wie gefährlich das ist? Hätt´ ich ihn doch beinahe überfahren! Da hat`s eine Hütte, in der man sich zur Ruhe betten kann! Was heißt hier „Ruhe betten"? Hat er es nicht gerade noch eilig gehabt? Wollte er denn nicht seinen Kollegen helfen? Jetzt schläft dieser Herr in aller Seelenruhe! Ja so was!"

Erst ganz allmählich begriff Marco, wem diese Stimme gehörte, die ihm die ganze Zeit über seltsam bekannt vorgekommen war. Doch die Verwirrung löste sich nicht so leicht auf. Die alte Frau war zwischen den Lichtkegeln der Scheinwerfer ihres Autos nur schemenhaft auszumachen. Die hellen Ränder, die ihre Umrisse zeichneten, ließen sie beinahe wie einen Engel erscheinen. Für einen ganz kurzen Augenblick, noch halb gefangen in den Träumen seines gerade erst unterbrochenen Schlafes, wähnte er sich tatsächlich in der Gegenwart eines dieser himmlischen Boten.

„Hallo! Ist er noch ganz bei sich?"

Seufzend erhob er sich aus dem Staub des Waldbodens. Auch wenn der Untergrund sehr unbequem gewesen war, das war wesentlich leichter zu ertragen, als die Wirklichkeit. „Lieber unbequem träumen, als bequem mit der Realität konfrontiert zu werden!"

„Was?"

Marco erschrak, weil er seine Gedanken laut geäußert hatte. Der Satz war nicht für fremde Ohren bestimmt gewesen. „Ach nichts." Er lächelte sie an, die Frau, die ihn vorher gewarnt hatte, als könnte sie es in der Dunkelheit sehen. War aber auch egal. So oder so waren die Worte laut ausgesprochen, und ob sie nun einen Schuss hatte oder nicht, ganz sicher wusste sie die Worte richtig einzuordnen. Nun gut.

„Wie ich sehe, sind Sie zurückgekommen. Schön. Sehe ich das richtig? Sie wollen nun also doch helfen?"

Stille. Unangenehm lange Stille. Schweiß trat auf seine Stirn. „Scheiße, ich habe die Situation vollkommen falsch eingeschätzt!" dachte Marco irgendwann voller Panik. „Die hat eben doch nicht alle beisammen. Hättest es besser wissen müssen, alter Esel!" Marco war nur Millimeter davon entfernt, seiner Freundin Iris recht zu geben, was den Standort des Lektorentreffens betraf. „München. Ja, wieso nicht München? Die Großstadt ist der Provinz in allen Dingen überlegen. Wald, ah, warum ausgerechnet Wald? Zuviel Natur, keine gute Idee!"

„Na, natürlich bin ich zurückgekommen, um Ihnen zu helfen. Was haben Sie denn gedacht?"

Marco, zum zweiten Mal innerhalb kürzester Zeit aus seinen Gedanken gerissen, schaute sie einige Augenblicke lang unverständig an. „Hä?"

Der Alten war er wohl zu begriffsstutzig. Jedenfalls packte sie ihn am Arm - ihr Griff erstaunlich fest - und zerrte ihn zu ihrem Auto. „Steigen Sie einfach ein! Uns läuft die Zeit davon!"

Marco ließ sich mitziehen. So ganz war er immer noch nicht bei sich. Ein Teil seines Gehirns entschied sich dafür, dass es gut sei, der älteren Frau zu folgen. Denn sie war offensichtlich gewillt, zu helfen.

Es war gut, dass er sich widerstandslos führen ließ, denn sie war sehr anfällig für Stimmungsschwankungen. Ein kurzes Zögern konnte durchaus das Ende ihrer Hilfsbereitschaft bedeuten.

Jede Begegnung mit ihr glich einem Tanz auf dem Vulkan. Schuld daran war ihre geistige Gesundheit, die, um es gelinde auszudrücken, in einem schlechten Zustand war. Marco war nicht darum zu beneiden, dass er ausgerechnet auf sie angewiesen war.

Immerhin fuhr sie mit quietschenden Reifen und eine dicke Staubwolke hinterlassend los, um Schlimmeres zu verhindern. Ihr Gesicht zeigte nichts als grimmige Entschlossenheit und so dachte Marco, nachdem er sich weitestgehend gefangen hatte, dass doch noch alles gut werden könnte.

*

Niemals in ihrem Leben war Iris so sehr mit Staub bedeckt gewesen, wie im Moment. Ihre Hände, starrend vor Schmutz, passten eher zu einer Zweijährigen, die noch keinen rechten Sinn für Sauberkeit besaß, denn zu einer Mittzwanzigerin.

Noch wenige Stunden zuvor hätte sie dieser Zustand in völlige Hysterie versetzt. Marco ahnte es nicht, aber sie wusste, dass er sie hinter ihrem Rücken „Miss Antibakteriell" nannte. Und ja, sie hatte immer einen Packen Hygienetücher in ihrer Handtasche dabei, dessen Inhalt von hundert Stück manchmal binnen drei Tagen aufgebraucht war.

Jetzt aber fühlte sie nichts als Triumph. Benno hatte sie nicht enttäuscht. Durch das Loch, das sie in die teilweise brüchige Wand gerissen hatte und das nun groß genug war, um hindurch zu kriechen, wehte der leise, aber stetig vorhandene Nachtwind. „Die Öffnung muss groß sein", dachte sie und malte in Gedanken eine Lücke in die Außenwand, die die Ausmaße eines Panoramafensters hatte. „So viel Wind presst sich doch nicht durch ein Nadelöhr." Iris war gerührt und in dem Moment sogar willens, Benno mit Küssen zu bedecken. „Du kommst hier raus, es ist nicht bloß ein Wunschtraum, Tussi!" Tränen der Erleichterung nässten ihre Wangen.

Irgendwann erinnerte sie eine Stimme, dass die Freiheit noch lange nicht erreicht sei. „Ich weiß ja!", entgegnete sie ihr, „dass ich immer noch vor dem Tunnel stehe. Aber der ist nur ein paar Meter lang. Das schaffe ich schon!" Noch während sie das voller Zuversicht sagte, tauchte in ihr ein Wort auf, als sei es von einer unsichtbaren Hand an die Wand geschrieben worden: „Wirklich?"

Iris antwortete trotzig: „Ich will die Freiheit, und dafür tue ich alles! Manchmal muss man auch eklige Sachen tun, um zu seinem Ziel zu kommen."

„Gut gesprochen", klopfte sie sich selbst auf die Schultern, „doch schau´ dir alles noch einmal ganz genau an. Du solltest gut darauf vorbereitet sein und nicht blindlings da rein stolpern!"

Die Stimme, das wusste sie, meinte es gut. Denn wenn sie den Dreck in der Passage sah, wurde ihr hundeelend. Alles, was sie so furchtbar ekelig fand, fand sich darin. Müll, Ratten, alte Spinnweben, Spinnen, Ungeziefer, Kot... „Das wäre mal eine Aufgabe für das Dschungelcamp!" dachte sie voller Galgenhumor.

Weitaus schlimmer aber als der Ekel war die Enge. Die Röhre, oder was auch immer es war, war sehr niedrig und dazu sehr schmal. Ihr blieben nach links und rechts, wenn sie sich genau in der Mitte hielt, vielleicht jeweils zehn Zentimeter. Nach oben hin, wenn sie sich ganz platt auf den Boden drückte, schätzungsweise zwanzig Zentimeter.

Iris litt, neben einer Vielzahl von Phobien, unter einer extremen Form der Klaustrophobie. Die Vorstellung, in einer engen Röhre wie der vor ihr liegenden stecken zu bleiben, ohne die Möglichkeit der Rückkehr oder eines Fortschritts, war noch weitaus schlimmer, als ihre Angst vor Ratten oder Spinnen.

„Es wird eine haarige Sache", sprach sie lautlos vor sich hin. „Ich wünschte, ich hätte alles schon hinter mir!"

Die Euphorie hatte sich davon gestohlen. Ihre Phobien meldeten sich dagegen lauter als zuvor zu Wort. Sie hielt ihnen Ermutigungssätze dagegen. „Du kannst das, du machst das. Sind doch nur ein paar wenige, lächerliche Meter! Iris, du packst das!" Iris wartete. Ließ den Sätzen Zeit, um Wirkung zu zeigen. Doch weil sie an der Wirklichkeit abprallten wie Squashbälle, geschah nichts. Iris raufte sich die Haare und ging zur einzigen Strategie über, die ihr noch zur Seite stand.

„Hoa, vielleicht lässt sich die Tür doch aufkriegen!" Für wenige Augenblicke war sie davon überzeugt und frohlockte. Dann aber erkannte sie den Selbstbetrug und verstand, dass es nur einen Weg aus dem Gefängnis gab, wenn sie nicht auf den Entführer warten wollte.

Iris bedauerte das zutiefst, fand sich aber mit dem Unvermeidlichen ab. „Du musst da durch, auch wenn du dich mit Händen und Füßen dagegen wehrst. Du gehst am besten gleich, denn wenn du hier noch lange herum stehst, wird dich der Mut verlassen. Mal abgesehen davon, dass mit jeder vergehenden Minute die Wahrscheinlichkeit wächst, dass dein Entführer zurück kommt. Und dem willst du sicherlich nicht begegnen!"

Nein, das wollte sie nicht, trotz der Racheschwüre, die sie im Vorfeld geleistet hatte. Und deshalb atmete sie dreimal tief durch und hastete dann zur Öffnung.

Benno musste sich in Acht nehmen. Die dicke Ratte, die ja nicht mit einem plötzlichen Ansturm rechnete, schlenderte gemächlich hin zur Öffnung. Dort wäre er beinahe von Iris erdrückt worden, die wie eine Kanonenkugel angestürmt kam. Nur eine Blitzreaktion rettete ihn vor diesem absonderlichen Schicksal.

*

„Alle Achtung, da haben Sie sich aber was einfallen lassen, Frau Timm!"
Die Angesprochene lächelte Verena Klein an. „Ich wünschte, ich könnte es mir auf die Fahnen schreiben. Aber leider..."
Kleins Augen wurden groß. „Ach, sagen Sie bloß, das geht alles auf die Kappe unserer Gastgeber!"
Timm nickte. „So ist es."
„Na so was!" Klein ließ ihren Blick über die gesamte Szenerie gleiten. „Man könnte fast den Eindruck gewinnen, der Rest unserer lieben Kollegen hätte Gefallen an diesem Treffen gefunden."
Timm schmunzelte. „Verrückt, oder? Ich meine, schauen Sie sich die Gesichter an. Man sollte nicht meinen, dass sie noch am Morgen wie die Rohrspatzen geschimpft haben!"
Kleins Antwort wurde durch einen Mann unterbrochen, der mithilfe eines Mikrophons die verstreuten Grüppchen zu sich an die improvisierte Bühne bat, wo sie dann auf sein Geheiß hin auf den Bierbänken Platz nahmen.
„Na, die Überraschungen nehmen scheinbar kein Ende!", sagte Ute Timm, die sich mit Verena Klein in die erste Reihe setzte. Der Mann am Mikrophon wartete geduldig, bis alle saßen. Das dauerte zwei Minuten. Gelegenheit, ihn genau zu studieren. Klein und Timm kamen beide zu dem gleichen Schluss. In seinem Anzug schien er überhaupt nicht ins Bild zu passen. Er war viel zu perfekt gestylt für diese eher rustikale Umgebung. Oper oder Theater. Dahinein passte er. Aber hier, mitten im Wald...
„Ich tippe auf Comedy!", flüsterte Klein.
„Ich tippe auf eine Stripeinlage."

Peter Albra Brenner   Alois und der Lektorenmord

Beide lachten laut auf und irritierten den Herrn auf der Bühne sichtlich. Sein Gesicht sprach Bände. Sie fühlten sich sofort schuldig, doch auch etwas albern und waren daher nicht gleich fähig, mit dem Lachen und Gekicher aufzuhören.

Der Mann am Mikrophon arrangierte sich damit und begann mit seiner Ansprache. An seiner souveränen Art, mit Störungen wie dieser umzugehen, war zu erkennen, dass er gewohnt war, vor größeren Versammlungen zu sprechen.

„Guten Abend, meine sehr verehrten Damen und Herren. Es ist mir eine besondere Ehre, Sie alle hier und heute begrüßen zu dürfen." Die Lektoren klatschten artig Beifall und johlten fröhlich, während sich die Dorfbevölkerung etwas über ihren Bürgermeister lustig machte. „Hört, hört, wie vornehm er sich ausdrücken kann." „Hast sicher lange dafür geübt, Manfred, was?" „Könntest ruhig öfter so reden, Manfred."

Stoltz überhörte die Kommentare geflissentlich. „Wie Sie sehen konnten, haben wir uns etwas Besonderes für Sie ausgedacht. Seien Sie versichert, dass wir das nicht für alle Gruppen tun! Sie fragen sich jetzt, womit sie das hier verdient haben. Tja, was hat uns zu dieser Aktion bewogen?"

An dieser Stelle strich er sich mehrfach über sein rasiertes Kinn, als streichele er einen Bart und als müsse er die Antwort auf die von ihm gestellte Frage erst noch finden. „Es geschieht nicht sehr oft, dass sich so viele Verantwortungsträger in unseren Gefilden aufhalten." Keine Gejohle. Stoltz ließ eine Pause entstehen, ganz bewusst, um den eben gesprochenen Satz wirken zu lassen und die Spannung auf das, was im Anschluss folgen sollte, zu steigern. Ganz offensichtlich hatte er seine Hausaufgaben gemacht, denn das, was er beabsichtigte, erreichte er auch. Die Dörfler blieben stumm, die Lektoren, ganz offenbar geschmeichelt, warteten gespannt auf seine nächsten Worte.

„Sehen Sie, wir haben uns wirklich sehr gefreut, als Ihre Anfrage kam, das Waldhotel für Ihr alljährliches Wochenende nutzen zu können. Wir verstehen sehr wohl, dass Sie die Stadt dem Land vorziehen." Augenzwinkernd und schmunzelnd beugte er sich vor, so als wolle er verschwörerisch nur zu den Lektoren sprechen: „Ich - wir- konnten nicht widerstehen und haben uns deshalb im Vorfeld genau informiert. Frau Timm hat uns bereitwillig Rede und Antwort gestanden."

Ute Timm erschrak etwas. Sie fühlte sich ertappt, so, als habe sie Geheimes Unbefugten gegenüber ausgeplappert. Dabei... „Ich hab´ doch mit keinem darüber gesprochen!", dachte sie. „Was zum Teufel will der mir in die Schuhe schieben?"

Stoltz sah ihr das Empfinden genau an und baute es in seine Rede ein. „Wie ich sehe, fühlt sie sich ertappt."

Timm errötete und war froh um die Tatsache, dass sie in vorderster Front saß, so dass sie nur von den allerwenigsten Lektoren gesehen wurde. Im tiefsten Inneren verstand sie den Grund ihrer Verlegenheit nicht, denn schließlich hatte sie nichts Unrechtes getan, jedenfalls empfand sie das so. Doch das Gelächter und die neu aufflammenden Kommentare brachten sie immer weiter in Verlegenheit, gerade auch deshalb, weil sich der Mampfer besonders hervor tat. „Hört, hört- hat sie uns verraten, die gute Frau Timm!" Sie wollte ihm am liebsten den Hals umdrehen und den anderen auch, die über sie lachten und sich amüsierten.

Statt dessen blieb sie ruhig sitzen und grübelte über die Frage, wie diese Landmichels nun an die Informationen gekommen waren. Klar, Stoltz´ Aussage war korrekt, wie die fast schon feindseligen Kommentare ihrer Lektorenkollegen am Morgen deutlich gemacht hatten, dennoch hatte sie niemals offen darüber gesprochen...

Plötzlich wusste sie es wieder. Sie verstand, was der Mann im Anzug auf der Bühne mit seinen Worten meinte. Natürlich hatte sie es verraten. Nicht bewusst, nicht auf Nachfrage, sondern einfach so, im Gespräch. Mit dem Förster, als der ihr die Hütte bei einer Besichtigungstour gezeigt hatte.

Die aufgetauchte Erinnerung blieb Stoltz nicht verborgen. „Ah, ich sehe, die Erinnerung ist zurückgekehrt. Schön, Frau Timm. Jedenfalls wussten wir dank Ihnen, dass wir uns sehr ins Zeug legen müssen, damit Sie sich am Ende auch von den ländlichen Vorzügen unseres Waldhotels überzeugen lassen." Er ließ seinen Blick einige Zeit über die Versammlung gleiten, Feuerschein und Mondlicht erhellten sein Gesicht. Die Zufriedenheit, die darauf geschrieben stand, wäre auch bei weitaus schlechteren Lichtverhältnissen erkennbar gewesen. „Wie ich sehe, ist es uns gelungen."

Kurze Zeit war es totenstill. Dann brachen die Dämme. Die Landbevölkerung jubelte und ululierte mit den Lektoren. In dem Moment schienen sämtliche Unterschiede nicht existent, alle Anwesenden wie eine große Familie, die nur eines im Sinn hatte, gemeinsam zu feiern, den Augenblick zu genießen. Flaschen klirrten beim Anstoßen, Bier verschwand halbliterweise in den Kehlen, alles war Friede, Freude, Eierkuchen.

Es war der entscheidende Moment. Hopp oder Top, dieser Moment entschied über den weiteren Verlauf der Nacht. Die gute Laune und Fröhlichkeit konnten dafür sorgen, dass der Plan unerfüllt blieb. Stoltz hatte es bewusst auf diesen Punkt ankommen lassen, in dem Wissen, dass die Aktion nur dann durchführbar war, wenn alle Eingeweihten zu einhundert Prozent dahinter standen. Wenn auch nur einer plötzlich kalte Füße bekäme, würde die Sache platzen, da gab es keine zwei Meinungen. Zweifel waren ansteckend, die Lektoren schnell auf die Anhänger verfrachtet und der sorgsam ausgearbeitete Plan ratzfatz ins Nirvana geschickt.

Einige Sekunden rannen ins Land, eine Zeit der Unsicherheit, die Stoltz nur schwer, aber mit Beherrschung aushielt. Tatsächlich schienen seine Bürger weich zu werden und den unbedingten Willen, im Vorfeld so oft und ausdrücklich bekräftigt, vermissen zu lassen. Es fehlte nicht viel, wirklich nur eine Kleinigkeit, und der Abend hätte feucht fröhlich geendet, für einige mit nichts weiter als mit einem deftigen Kater am nächsten Morgen.

Dann aber entdeckte Stoltz diesen Funken, der unterschwellig loderte. Einem weniger aufmerksamen Beobachter wäre er entgangen. Stoltz hatte an diesem Abend aber besonders geschärfte Sinne und deshalb entging er ihm nicht. Urplötzlich war er zurückgekehrt, gewann schnell an Kontur und besiegte bald die drohende Verbrüderung. Stoltz nickte zufrieden. Ja, nun war es amtlich. Die Aktion würde stattfinden, ohne von Skrupeln behindert zu sein. Zumindest würden sie nicht zu groß werden. Jetzt war die Zeit gekommen. Jetzt.

*

Marco wurde bald wahnsinnig. Drei Kilometer lang war alles gut gegangen. Sie war zwar nicht sehr schnell gefahren, eher über die rissige Waldstraße gekrochen, aber er war immer noch rascher voran gekommen, als wenn er zu Fuß hätte gehen müssen. Es waren drei Kilometer der Hoffnung gewesen, dass er noch rechtzeitig käme, um das Schlimmste zu verhindern.

Aber dann hatte die Alte plötzlich angehalten. „Ach, sagen Sie nur - habe ich wohl die Hintertür abgeschlossen?" Ihr fragender Blick war auf Marco haften geblieben, als müsse er die Antwort auf die Frage kennen.

„Ganz bestimmt!", hatte er ihr schnell versichert, weil ihr zuzutrauen war, dass sie umkehren und zu ihrem Haus fahren würde, war sie erst überzeugt davon, ihre Hintertüre unverschlossen gelassen zu haben. Eine Katastrophe angesichts der davoneilenden Zeit, die dann aller Voraussicht nach nicht mehr einzuholen war. Damit sie ihm auch glaubte, hatte er sie mit einem, wie er hoffte, vertrauenserweckenden Lächeln bedacht, in dem eine Spur von „Sie werden doch nicht" lag. Marco hatte längst verstanden, dass sie nicht ganz bei sich war, doch dieses „Sie werden doch nicht" würde doch wohl auch bei ihr ankommen, und sie würde den Satz vollenden- „Sie werden doch nicht allen Ernstes umkehren, wo doch die Zeit so furchtbar drängt!" Aber da hatte er ihr zu viel Kredit gegeben, denn sie vollendete den Satz nicht und trieb ihn stattdessen zielsicher in den Wahnsinn.

„Hm." Ihre zehn Finger tanzten auf dem Lenkrad. „Hm." Das Verlangen, sie zu schütteln und laut anzuschreien wuchs mit jeder vergehenden Sekunde. Marco musste sich wie nie in seinem Leben zusammenreißen. „Dein Glück, dass ich auf dich angewiesen bin!", giftete er sie innerlich an.

Der Motor lief. Das Auto stand. Der Mond schien. Die Finger tanzten. Die Alte sagte, in fast regelmäßigen Abständen, „Hm".

Die Warterei erzeugte eine negative Energie, die sich mit der vergehenden Zeit immer weniger kontrollieren ließ. Marcos Finger wollten sich ja so dringend um ihren Hals legen!

Um keine Dummheit zu begehen, verfluchte er die Frau innerlich wüst und ließ die angestaute Energie auf diese Weise raus.

Ein Kauz schrie. Ein Fuchs tauchte im Licht der Scheinwerfer auf. Hasen links und rechts. „Hm". Marcos linke Hand hob sich, wie ferngesteuert. Er ließ sie gewähren. Die Alte blieb unentschlossen. Eine Spinne spann in aller Seelenruhe ihr Netz am Außenspiegel. Derselbe Satellit - Marco war sich dessen sicher, dass es sich um denselben handelte - zog vor seinen Augen nun schon zum dritten Mal seine Bahn über den Himmel. „Kinder, wie die Zeit vergeht!", sagte eine Stimme in seinem Kopf, die ihn entfernt irgendwie an Harald Juhnke erinnerte. Eine Bache tauchte mit ihren Frischlingen in den Lichtkegeln auf, trat einige Augenblicke unentschlossen auf der Stelle, senkte den Kopf, als wolle sie gleich angreifen, besann sich dann aber und zog mit ihrem Nachwuchs davon.

„Hm." Spielende Finger am Lenkrad. Marcos linke Hand hob sich Stück für Stück. Die Finger seiner rechten Hand krümmten sich schon... Dann endlich: „Ach, ich glaube, Sie haben recht. Natürlich habe ich sie abgeschlossen." Marco atmete auf. Die Frau fuhr los. „Wenn ich Sie nicht hätte!" Er lächelte pflichtbewusst. Seine Hände senkten sich und er atmete tief durch. Gut. Schön. Sie fuhr wieder. Marco unterdrückte die hämische Stimme mit aller Gewalt, die ihn neckend mit den Worten aufzog: „Mal sehen, wie lange! Sie wird ja doch gleich wieder anhalten. Sie hat sie eben doch nicht alle beisammen!" Er schloss die Augen, atmete bewusst gleichmäßig. „Wir fahren. Punkt. Wir fahren und solange wir fahren, ist alles in bester Ordnung. Punkt!" Diese Sätze sprach er wie ein Mantra wieder und immer wieder. Ja nur nicht verrückt machen lassen von dieser inneren, hämischen Stimme. Ja nur nicht verrückt machen lassen!

*

Alles war gut. Freiheit. Süße, unbezahlbare Freiheit. Nur wenige Meter trennten sie davon. Enge, staubige, schmutzige, eklige Meter. Doch wenige. Sie waren sicherlich auszuhalten, weil sie aus ihrem Gefängnis heraus führten - *alles* Absehbare war aushaltbar. Dies hatte zumindest der Großvater ihrer besten Freundin stets behauptet. Iris gab ihm Recht, weil dieses Credo unabdingbar war, wollte sie die hohen Hürden nehmen, die sich vor ihr auftürmten.

Der Gang war enger und zugleich niedriger, als es von außen den Anschein gehabt hatte. Egal, wie eng sie sich an den Boden drückte, der Hinterkopf kratzte permanent an der Decke des Ganges. Zugleich musste sie eine der beiden Schultern etwas zurück nehmen, um überhaupt vorwärts zu kommen.

Die Folge war ein bedrückendes Gefühl, als sei sie eigentlich viel zu groß für den Tunnel.

„Iris, du Dummchen. Mach dich doch nicht selbst Schalou!" Sie lachte laut auf, gerade so, als könnte sie damit die bösen Geister vertreiben, die sie in zunehmendem Maße bedrängten. Sie gewannen schnell die Oberhand, obwohl Iris mit aller Bravour gegen die ihre Platzangst ankämpfte. „Siehst du, wieder vorwärts gekommen. Mindestens zehn Zentimeter. *Mindestens*."

Sie blendete den Geruch weitgehend aus, der eigentlich mehr ein Gestank war, verursacht von verwesenden organischen Teilen, tierischem Urin,

Fäkalien und weiteren Stoffen, die sie nicht zu benennen vermochte. Eine Meisterleistung angesichts der Tatsache, dass sie praktisch mit der Nase darin hing.

Zentimeter für Zentimeter kroch sie mühsam voran, unaufhaltsam, immer weiter, obwohl alles in ihr schrie und der Drang umzukehren immer unbezwingbarer wurde. Selbst das unablässige Quieken von hinten überhörte sie geflissentlich. Irgendwo tief drinnen, wohlweislich von ihr zugedeckt, wusste sie, dass sie wie ein überlanger Schwertransport auf der Autobahn den Verkehr der Ratten behinderte - das Quieken war wie das Hupen unzähliger Autos, deren Fahrer sich in ihrer Freiheit eingeschränkt sahen. „Schon gut Benno, hab dich nicht so!", murmelte sie der fetten Ratte zu. Sie war der einzige Nager, dessen Präsenz sie ertrug, aus diesem Grund anerkannte sie ihn, nicht aber die vielen anderen seiner Art, die ebenfalls protestierten. Solange sie in ihrem Rücken blieben, war alles in bester Ordnung, minimale Störfaktoren, nichts weiter.

Dann aber kam der Gegenverkehr. Er kündigte sich zunächst akustisch an. Iris´ Willen, das Unerträgliche auszublenden, war zunächst so stark, dass sie das Quieken der entgegenkommenden Rattenflut nach hinten verschob. Das gelang ihr solange, bis sie dem vordersten der Nager praktisch gegen die Schnauze stieß.

Iris erschrak so heftig, dass sie unwillkürlich zurückwich; eine unkontrollierte Bewegung, die sich in dieser Enge sofort rächte. Sie stieß sich den Kopf und scheuerte sich die Arme an den ungleichmäßigen Seitenwänden wund. Die Schmerzen waren heftig, aber sie brachten die klaren Gedanken zurück. Für Iris bedeutete das beides, Segen und Fluch.

Segen, weil sie nun bewusst über das nachdachte, was sie im Begriff war zu tun, ihre Situation realistisch einschätzte und endlich verstand, wie unsinnig sie damit gehandelt hatte, trotz ihrer furchtbaren Angst in diese Enge eingetaucht zu sein.

Fluch, weil ihr schmerzlich bewusst wurde, dass sie praktisch eingeschlossen war- in einem Meer aus Ratten. Sie umgaben sie von vorne und hinten.

Iris blieb erstaunlich ruhig, kontrolliert. Auch angesichts der Geräusche aus den sie umgebenden Mauern, die sie nun zum ersten Mal bewusst wahr nahm. Krabbelndes, kriechendes Ungeziefer, das die feuchten Mauerwerke liebte wie ein Millionär seine teure Villa. Getier, das auch die Fäkalien, den

Peter Albra Brenner   Alois und der Lektorenmord

Unrat, in dem sich Iris unfreiwillig suhlte, liebte wie ein Feinschmecker das Menü eines Sternekochs.

Ihr Magen rebellierte, jetzt da sie das alles so klar und deutlich wahrnahm. Sie kämpfte mit aller Macht dagegen an. Der Geruch von Ausgespienem fehlte ihr gerade noch!

Mit schier übermenschlicher Anstrengung behielt sie den Inhalt ihres Magens bei sich. Doch da ihr Mund von dem Geschmack des Sauren, Halbverdauten erfüllt war, wurde sie von einem ständigen Brechreiz gepeinigt.

Es war ein Teufelskreis, den sie nur durchbrechen konnte, wenn sie zurückkriechen und den ekligen Untergrund verlassen würde. „Das hätte dir aber auch schon früher einfallen können!", schalt sie sich selbst. „Schau dir den Schlamassel doch nur an! Ein paar Meter! Da hast du dir einen feinen Scheiß vorgestellt! Da kannst du ewig kriechen und kommst nirgendwo an!"

Nach der Schelte kam die Versöhnung. „Immerhin hast du eingesehen, dass es keinen Sinn macht, durch diese Passage zu gehen. Besser spät als nie!"

Iris erwartete, dass nun alles wie am Schnürchen klappen würde. Als sei sie eine Schwimmerin im Ozean, die alle Kraft darein gesetzt hatte, den hereinbrechenden Wellen entgegen zu wirken, die sie nun, da sie den Kampf abbrach, zwangsläufig zurück an den Strand spülen mussten.

Die gefühlte Leichtigkeit zerbrach an der Wirklichkeit.

Iris steckte fest. Das war ihr zu dem Zeitpunkt nur noch nicht bewusst. Selbst wenn sie es erkannt hätte, hätte sie der Tatsache die Anerkennung verweigert. Der Selbstbetrug war ein weitaus attraktiverer Begleiter als die Realität. „Du täuschst dich, Iris, altes Mädchen! Die Dunkelheit, diese verdammte Enge, sie machen dich wahnsinnig! Bleib´ einfach ruhig, kriech´ zurück, lass die Ratten protestieren, ertrag den Geruch noch etwas länger. Bald wirst du wieder draußen sein, draußen aus dieser Enge!"

Man konnte nur den Hut ziehen vor ihr. Sie versuchte wirklich alles, ging weit über ihre Möglichkeiten hinaus. Mit schier übermenschlichem Willen brachte sie sich wenige Zentimeter zurück, doch nur auf Kosten ihrer Schultern, die sich bei dem Versuch weiter wund scheuerten. Nur mit zusammengebissenen Zähnen unterdrücke sie das Jaulen, das mit aller Macht aufstieg.

Danach ging nichts mehr. Es war, als hätte sich der hintere Raum mit Beton gefüllt. Das war ein richtig hässlicher Gedanke, das Abscheulichste, das ihr in dieser Situation in den Sinn kommen konnte. Es war das erste Mal, dass sie der Realität in die Augen sah und ihre Situation nüchtern überdachte, wobei sich folgendes Bild ergab: Sie war bis zu ihrem jetzigen Standort gekrochen, durch alles, was ihr wirklich zuwider war; Freiräume füllten sich nicht von selbst, Wände verengten sich nicht einfach so. Ergo: Einer Rückkehr stand nichts im Wege.

Damit hatte sie natürlich Recht. Mauerwerke verändern sich nicht, weil sie starre Gebilde sind. Es sei denn, eine gewaltige Kraft wirkt auf sie ein; sind sie in einem schlechten Grundzustand, muss die Krafteinwirkung nicht einmal sehr hoch sein, um einem Gebäude Schaden zuzufügen.

Iris' Pech war, dass das solide wirkende Gestein des engen und niedrigen Tunnels in Wahrheit extrem morsch und brüchig war.

Es lag nun herausgebrochen hinter ihr, füllte den Tunnel und hinderte sie am Rückzug. Wenigstens zogen sich die Ratten zurück. Die hatten die Faxen dicke und suchten sich lieber andere Wege durch das Gemäuer.

Das half Iris nichts. Der Rückweg war ihr verwehrt, und nach vorne ging im Moment auch nichts mehr. Sie steckte also fest, ohne sich dessen bewusst zu sein. „Kämpfe altes Mädchen, kämpfe!", feuerte sie sich selbst an und nahm einen neuen Anlauf.

*

Es war zum Brüllen! Sie lagen sich in den Armen, hielten sich die Bäuche, hatten Tränen in den Augen. Das, was die Menschen dieser so abgeschieden ländlichen Gegend an diesem Abend boten, besaß den allerhöchsten Unterhaltungswert. Der übergewichtige, mit vollem Mund sprechende Lektor bescheinigte dem Schauspiel sogar den Hauch einer Shakespeare'schen Komödie. Höchste Ehren also für die Laiendarsteller, gerade auch deshalb, weil ihm nicht wenige der Lektoren beipflichteten.

Sie überboten sich unter dem phantastischen Nachthimmel mit ihren Künsten, als wollten sie dem alten, englischen Barden die Ehre erweisen. Der wäre sicherlich ebenso „amused" gewesen. Der Erfolg des Schauspiels hatte einen einfachen Grund: Das Stück folgte keinem Skript, es bot vielmehr die Träume, Wünsche, Hoffnungen der Darbietenden dar, die allesamt ein jähes und brutales Ende gefunden hatten, dank derjenigen, die unten auf den Bierbänken saßen und sich so herrlich amüsierten.

Die Lektoren erkannten die von ihnen abgelehnten Manuskripte nicht wieder, aber das war nicht anders zu erwarten gewesen. Die Dorfbewohner wussten um die große Fülle von Einsendungen, die von den Lektoren zu bearbeiten waren. Nur dann und wann, wenn Sätze aus besonders boshaften und gemeinen Ablehnungsschreiben fielen, fühlte sich der eine oder die andere an eigene Formulierungen erinnert - ohne allerdings die entsprechende Verbindung zu ziehen.

„Sie merken´s nicht. Sie merken es einfach nicht!" Alois schüttelte ungläubig den Kopf.

„Natürlich nicht. Was hast du denn gedacht? Stoltz hat es doch genau so vorhergesagt", erinnerte Nordt.

Und der junge Brandtner feixte: „Die arroganten Säcke! Echt, sie verdienen voll und ganz, was ihnen bevorsteht!" Alois hatte den Brandtner Stefan noch nie recht leiden können, und er sank weiter in seiner Achtung. So wie der junge Scheißer schien sich niemand auf die Lektionen, die sie für die Lektoren in petto hatten, zu freuen. Natürlich freute er sich auch, naturgemäß, doch längst nicht so gehässig wie diese junge Made.

Zumindest glaubte er das. Da dachte er nicht an das, was er noch am Morgen mit seiner Mistgabel getan hatte. Und auch nicht an die Frau, die er in dem alten Bunker gefangen hielt.

„...sang sie, wie ein besonders seltener Vogel, dem Paradiese entflogen, so dass ihr das Herz aufging, sie die Hand der..."

„...sollten Sie sich doch bitte eines Besseren besinnen, den Computer unbelästigt lassen und ihre künstlerischen Freuden lieber mit Ihrer Gattin ausleben, als den Rest der Welt mit ihren dilettantischen Versuchen zu quälen."

„Aufhören, oh bitte aufhören!", wieherte der übergewichtige Mit- Vollem- Mund- Redner. „Ihr bringt mich sonst noch um!"

Alois entging der bedeutungsvolle Blick Stoltz´ nicht und es war, als könne er dessen Gedanken genau erraten.

„...veränderte sie sich in den Blicken ihrer Freundin, deren Herz sie mehr und mehr berührte, sie fühlten sich inniglicher verbunden, als jemals zuvor ein..."

„...wenn Sie jemals erwägen sollten, das Ufer zu wechseln und lesbisch zu werden, raten wir Ihnen dringend, ihre Freundin nicht mit diesem Müll zu belästigen, da wir sonst um Ihren Beziehungsstatus fürchten...“

„Ich LIEBE es!“, rief da die brünette, dürre Lektorin aus Sachsen, die ständig zu wenig aß und Alkohol generell nicht vertrug; was erklärte, warum sie bereits nach einem Bier wie volltrunken wirkte und über die Bänke fiel, weil sie bei ihrem Ausruf zu abrupt aufgestanden war. Es brachte den Dicken noch mehr zum Wiehern und zwar so laut, dass das Stück kaum mehr zu hören war.

„Wie lange noch?“, schüttelte die rothaarige Bäckersfrau den Kopf und deutete mit einer geöffneten Hand auf den Übergewichtigen. „Wie lange müssen wir uns das da noch antun?“

„Geduld Rebekka, Geduld!“, mahnte Stoltz. „Noch sind wir nicht durch mit unseren Darbietungen. Jeder soll seine Chance erhalten, so war es abgemacht.“

„...sie öffnete die Arme weit, empfing an ihrem Busen diejenige, die...“

„...Ihrem Busen, so denken wir, wird es schlecht ergehen- ähnlich dem der Kleopatra, der eine Schlange bekanntlich in den schönen Vorbau biss. Denn wenn Sie diese Ihre Zeilen der an Ihrem Busen liegenden Freundin antun, wird sie Sie garantiert mit ihren Zähnen malträtieren, und das wollen Sie sicherlich nicht, denn...“

WIEHER

Stoltz verzog missbilligend das Gesicht. „Wie gesagt- wir brauchen Geduld.“ Sein Blick war zwar auf die Bäckersfrau gerichtet, tatsächlich aber sprach er sich den Satz selbst zu. Das Verhalten mancher der Lektoren zehrte sehr an den Nerven.

„Wie lange noch genau?“, flüsterte Nordt in sein Ohr.

Stoltz musterte seine Uhr eindringlich, mehrere Augenblicke lang, als müsste er die Sekunden genau abzählen. „Eine halbe Stunde. Solange müssen wir noch durchhalten.“

WIEHER

„Ich fürchte, das wird eine sehr lange halbe Stunde!“, sagte Nordt missmutig.

*

Peter Albra Brenner   Alois und der Lektorenmord

Derweil ging Marco zwischen den hohen Bäumen entlang, die die verein-samte Waldstraße säumten und zerbrach sich vergeblich den Kopf, wes-halb er nun doch wieder zu Fuß unterwegs war. Egal wie er es drehte und wendete, er war sich keiner Schuld bewusst. Ganz im Gegenteil, er hatte die Schrullen und Macken der Alten mit einer Engelsgeduld ertragen, ihr immer wieder versichert, bald im Sekundentakt, dass ihre Hintertüre abge-schlossen sei, sie also beruhigt mit ihm zu der Lichtung fahren könne. Ganz sicher gab es nur Wenige, die die gleiche Geduld aufgebracht hätten - wenn es denn überhaupt jemanden gab. Und doch hatte sie ihn unvermittelt vor die Tür gesetzt, mit völlig unverständlichen Worten, von denen er an-nahm, dass sie keiner Sprache dieser Welt angehört hatten. Jedenfalls gellten ihm jetzt noch die Ohren von ihrem Gekreische.

„Na wenn schon. Es ist ein lauer Abend, die Grillen zirpen, die Bäume wiegen sich sanft im Wind, die Sterne leuchten, du lebst, atmest, gehst hier...du *darfst* hier gehen, alter Junge. Das ist ein Unterschied, ja Baby, das ein Riesenunterschied!" Marco bemerkte wieder einmal nicht, dass er Selbstgespräche führte, eine Angewohnheit die er immer dann an den Tag legte, wenn er besonders aufgewühlt war. Hier, inmitten des Waldes, wo ihn nur die Tiere hörten, konnte er sich das leisten. Sie interessierten sich nicht für seine Worte.

Menschen tun dies jedoch, und sie stigmatisieren gerne jeden, der sich irgendwie ungebührlich verhält.

Wenn jemand, so wie Marco, seine Gedanken nicht für sich behält sondern im Selbstgespräch laut in die Welt hinaus posaunt, zieht er die Blicke ganz automatisch auf sich. Merkt es der Unglückselige nicht, kann er seinen Geschäften auch weiterhin beruhigt nachgehen. Werden ihm die Blicke und die Kommentare jedoch bewusst, läuft er die nächsten Stunden mit einem hochroten Kopf umher und würde am liebsten ganz tief im Erdboden ver-sinken.

So jemand braucht eine Person an der Hand, die ihn rechtzeitig stoppt. Marco hatte meistens niemanden gehabt, und hatte deshalb oft unfreiwillig im Mittelpunkt gestanden. Es war ihm nie gelungen, die Dauer seiner wie-derkehrenden öffentlichen Selbstdemütigungsshow herauszufinden. Waren es fünf, zehn, zwanzig, dreißig, oder gar sechzig Minuten? Die Menschen hatten immer nur blöd gegafft und waren lieber eilends davon gegangen, wenn er sich auf sie zubewegt hatte. Denn einem Irren, für den sie ihn offenbar hielten, zuzuschauen, war das Eine. Mit so jemandem zu sprechen, das ganz Andere, das man lieber vermied.

Ein einziges Mal hat ihm dann doch jemand die Länge seines öffentlichen Monologs verraten- seine liebe Freundin Iris. Hinterher musste sie lange zu Kreuze kriechen, weil sie in ihrer Funktion als Stopperin versagt hatte. „Du hast mich dem Gespött der Leute preisgegeben!" Den Satz hatte sie sich viele Tage gefallen lassen müssen.

Denn die von Iris genannten fünfzehn Minuten waren ein derber Schock gewesen, der Marco gründlich durcheinandergewirbelt hatte. Er dankte Gott auf Knien, dass die Sozialen Netzwerke noch nicht erfunden und Kamerahandys reine Zukunftsmusik gewesen waren und durchlief ein hartes mentales Training, dank dem er sich einigermaßen im Griff hatte. In besonders schweren Zeiten drang die Marotte aber trotz allem durch.

„Weißt du was? Warum drehst du nicht einfach um? Geh, ich meine, gut, du musst gehen, schließlich ist dein Auto im Arsch, aber, hey, was soll's? Geh! Vergiss das, was die Alte gesagt hat. Die hat sie doch nicht alle! Wer weiß, ob sie dir keinen Bären aufgebunden hat!

Ah, andererseits, denk´ doch an die aufgeschlitzten Reifen. Also, hallo, die sprechen doch Bände! Du kannst deinen Arsch darauf verwetten, dass es deinen Kollegen schlecht gehen wird! Da brauchst du keine Wetterfee, die dir das vorhersagt, das kannst du ganz gut selbst ausrechnen.

Und deswegen darfst du dich nicht einfach davon schleichen! Wenn schon nicht für den Rest, dann doch um Frau Timms Willen und für alle, die sich auch für die Alternativveranstaltung angemeldet haben. Einer für alle, alle für einen."

An der Stelle stoppte er abrupt. Es war, als stünden die letzten sechs Worte wie an einer Tafel geschrieben vor seinen Augen, sichtbarer Beweis für seine Selbstgespräche. „Du hast es wieder getan!", sagte er, diesmal bewusst. Instinktiv schaute er sich nach allen Seiten um, überzeugt, dass es irgendwo Zeugen für seine gesprochenen Worte gab. Das war bisher noch immer der Fall gewesen, und deshalb ließ er sich nur zögerlich davon überzeugen, dass ihn nur das Wild zwischen den Bäumen gehört hatte.

Er atmete tief durch. „So weit, so gut!", dachte er. „Wenigstens *die* Peinlichkeit ist mir erspart geblieben."

Kurze Zeit später hörte er ein Motorengeräusch. „Sieh an, sie kommt zurück!" Marco war von ihrer Rückkehr nicht sonderlich überrascht. Ihre Launen waren wandelbarer als ein typischer Apriltag, und wahrscheinlich würde sie ihn vor dem Erreichen des Ziels noch einmal aus dem Auto werfen. Marco nahm die Aussicht gelassen hin. „Und wenn schon!", dachte er. Jeder gefahrene Kilometer war reines Gold wert, weil er die Chancen auf ein rechtzeitiges Eingreifen erhöhte.

Nur Augenblicke später tauchten die beiden dem Geräusch zugehörigen Scheinwerfer auf. Rohlenz wurde schlecht bei dem Anblick der tanzenden Lichter. „Na wunderbar! Hat sich die Alte in der kurzen Zeit einen angesoffen?" Es schien ein blankes Wunder, dass das Auto unbeschadet durch den Wald kam.

Es hielt in wenigen Metern Abstand zu ihm an. Von dem Gefährt war nicht viel zu erkennen. Sie ließ das Volllicht eingeschaltet. Marco musste sich die Hände vor die Augen halten, während er auf das Auto zutrat. „Blöde Kuh, blöde, irre, dumme Kuh!", dachte er, während er seitlich auf den Wagen zuging. „Vorsicht! Lass´ dir nichts anmerken, sonst kannst du gleich weiter zu Fuß gehen!"

Also verzog er sein Gesicht zu einem, wie er hoffte, einladenden Lächeln, öffnete die Tür, fing mit seiner auflockernden Anrede an, stockte dann aber verdutzt, angesichts des verwaisten Fahrersitzes. „Frau..." Ah verdammt! „Hallo! Wo sind Sie? Hallo?"

Nichts, keine Antwort. Kopfschüttelnd trat er zurück, richtete sich auf, mit dem Latein am Ende und der Geduld am seidenen Faden. Das Gewicht in seiner Jackentasche und das Gefühl kalten Eisens brachten einen Tagtraum mit sich. Er sah sich die Pistole abfeuern, in Lucky Luke Manier, sah das Mündungsfeuer und hörte sogar dessen Geräusch, verbunden mit dem lauten Aufschrei der schrumpeligen Frau...

Es dauerte etwas bis er erkannte, dass da ein Schrei gewesen war - hinter seinem Rücken. „Sie steckt doch immer wieder voller Überraschungen!", dachte er, während er sich langsam umdrehte.

*

Wie eine Lawine oder ein Strudel, gegen dessen Gewalt kein Ankommen ist, kam Panik über Iris. Die Panik vertrieb mühelos jegliche Selbstkontrolle, verwandelte Iris in einen willenlosen Spielball, schlug sie mit Blindheit und

63

allumfassender Unvernunft, machte sie zu einer Irren, die in ihrer viel zu engen Zelle wütete, ohne Rücksicht auf sich und ihre Umgebung zu nehmen. Sie schlug sich unzählige Male den Kopf an, riss sich die Gesichtszüge blutig, verlor die Kontrolle über ihre Blase, ihre Finger waren bald nichts weiter als blutige Stumpen. Iris aber achtete nicht auf den Protest ihres Körpers, der vergeblich versuchte, sie zur Vernunft zu bringen.

Sie kam sogar voran, unfreiwillig zwar, weil sie eigentlich zurück wollte, aber immerhin. Nur, dass sie dabei wie eine Dampframme vorging, die weder Freund noch Feind kannte.

In diesen Verhältnissen war das nicht angebracht- es entstanden heftige Vibrationen und die schüttelten kleinere Steine und Sand aus dem Mauerwerk. Die großen Brocken hielten sich noch zurück. Sie würden aber kommen und den Weg blockieren, wenn Iris nicht mit dem Theater aufhörte! Sie aber war gefangen in ihrer eigenen Welt. Ähnlich den Zwergen in C.S. Lewis „Narnia"-Roman, die die Augen für die sie umspannende Welt verschlossen und deshalb das Wunderbare nicht sahen, erkannte sie nicht, wie nahe der Ausgang war- weil auch sie blind für das Positive war. Wenn sie nur einmal noch die Panik zurückdrängen und den Verstand einsetzen könnte, würden ihre Augen endlich geöffnet werden.

Aber Iris war zusammengebrochen. Es war, als ob etwas sie verschlingen wollte und sie kam dagegen nicht an. Niemand konnte ihr zu Hilfe kommen.

Iris war jedoch, so seltsam es klingen mag, besser dran als ihre Kollegen. Sie hätte es in dieser brenzligen Situation nicht geglaubt: „Schlimmer als mir kann es doch keinem ergehen!" Es war nur zu verständlich, dass sie dieser Meinung war. Aber das änderte nichts an der Tatsache, dass sie es besser getroffen hatte, als die anderen Lektoren. Denn in einigen Kilometern Entfernung bahnte sich ein Drama an.

*

Fast taten sie ihm Leid. „Wie die ahnungslosen Lämmer vor der Schlachtbank!", dachte Stoltz, als er, umgeben von den „Darstellern", im minutenlangen Applaus der restlos begeisterten Lektoren badete. Da war keine Falschheit in der Begeisterung, alles war echt, nichts gespielt. Natürlich waren sie alle gerührt und ihre Egos wuchsen angesichts des preisenden Beifalls, als seien sie ernstzunehmende Schauspieler an einer großen Bühne und die Lektoren sie verehrende Zuschauer.

Doch der Entschluss stand. Sie hatten den Lektoren deren Widerwärtigkeit vor Augen führen und dazu noch das Gefühl vermitteln wollen, das entstand, wenn man ein Ablehnungsschreiben nach dem anderen kassierte. Das Schauspiel hatte nur diesem Zweck gedient. Sie hatten gehofft, dass die Lektoren den Sinn des Stückes verstehen würden, doch diese Erwartung hatte sich nicht erfüllt, obwohl sie die besonders abscheulichen Ablehnungsschreiben präsentiert hatten.

Als der Beifall langsam abebbte, gab Stoltz das Zeichen. Nichts weiter als ein kurzes Kopfnicken. Die Dorfbewohner, die die Bühne verlassen und die, die auf den Bänken gesessen hatten, stellten sich hinter den Bankreihen auf; dicht an dicht nebeneinander stehend, bildeten sie einen Halbkreis. Sie hatten lange geübt, und deshalb klappte jetzt alles wie am Schnürchen.

Die undurchdringliche und völlig lautlose Mauer stand, noch während die Letzten applaudierten.

Stoltz lächelte zufrieden. Er ließ einige Zeit vergehen, so als lausche er verzückt dem Echo des Beifalls.

Der Übergang von dem heiteren zum ernsten Teil war dann so abrupt, dass ihn die völlig ahnungslosen Lektoren nicht nachvollziehen konnten. Als seien sie an einem lauen Sommertag durch eine blühende Landschaft gegangen, die sich urplötzlich in ein kältestarrendes Winterland verwandelt hatte.

„Schön, dass Sie sich so ordentlich amüsiert haben!" Der Ton war eisig, schneidend, bar jeden Humors. Stoltz´ Blick glitt über die streckenweise unsichtbare Mauer. „Was mich, alle Mitwirkenden und Mitveranstalter dieses Spektakels so sehr betroffen macht, ist die Tatsache, wie sehr Sie sich über unser Unglück und ihre eigenen, äußerst gemeinen Wortkreationen amüsiert haben!"

Pause. Totenstille. Betroffenheit. Angespannte Erwartung. Erste Unsicherheiten. Runzeln auf Timms Stirn. Wie viele andere glaubte sie, sich verhört zu haben. Fast waren sie versucht, es als einen schlechten Scherz, eine eher missglückte weitere Pointe der vorher so brillant gespielten Komödie anzusehen. Je länger Stoltz die Pause dauern ließ, desto mehr schien genau dies zuzutreffen. Na bitte, also, das konnte ja nicht...also nein, oh Gott, da hatten wir doch alle tatsächlich für einige Sekunden gedacht, die todernste Miene und die beißenden Sätze wären so gemeint gewesen. Aber nein, nein. Bitte! Hu, ha, ha, o Gott.

Die Entspannung und die Erleichterung hielten an, bis Stoltz weiter sprach.

„Ja, ich gebe zu, das alles hört sich nach einer Schmierenkomödie an. Eine schön ordentlich niedergeschriebene, höchst erheiternde Komödie, die Ihnen die Tränen in die Augen getrieben hat. Kein Schaden geschehen, weil alles nur Fiktion war."

Erneut ließ er eine Pause entstehen, als hätte er bei seinen Rhetorikseminaren, die er als Bürgermeister besuchte, gelernt, auf hinterhältige Weise Hoffnungen zu wecken. Hoffnungen darauf, dass alles gut würde und kein Schaden geschehen sei, Gefühle nicht verletzt und Träume nicht zerbrochen seien. Bei den meisten der Lektoren hatte er damit Erfolg, allen voran Zanker und dem Vollmundredner, die beide nicht von diesem Planeten stammten.

Timm und Klein verstanden dagegen sehr genau, dass eine Grenze vom Spiel zum Ernst überschritten war. Plötzlich war es, als sei die Luft von Aggressionen schwanger. Ein faustdicker Kloß setzte sich in ihren Hälsen fest. „Es ist, als sei eine tödliche Bestie geweckt worden, die uns wohl an die Gurgel gehen kann." Timm rang mit sich selbst, weshalb ihr diese Worte in den Sinn gekommen waren. „Du wolltest das Treffen auf dem Lande abhalten und fühltest dich über deine Kollegen erhaben, die doch die Stadt so viel mehr lieben als das Land. Und sieh her! Du bist nicht besser als sie! Hältst die Menschen dieses Landstrichs für Barbaren! Schämen solltest du dich!"

Der Kloß blieb aber, trotz dieser Gedanken. Noch immer war nichts über Dannenbergs und Geralds Schicksal bekannt. Das machte ihr richtig Angst. Und deshalb schwebten diese Worte, die sie eigentlich verurteilte, wie unsichtbare Geister weiterhin in der Luft.

Klein hielt es für sehr wahrscheinlich, dass sie den Rückweg gehend zurücklegen würden. Nach der Nummer glaubte sie nicht daran, dass die Fahrer sie noch einmal auf die Anhänger nehmen würden. „Strafe muss sein!", dachte sie. „Unsere kaputten Füße werden sie wohl für das Erlittene entschädigen. So fern das überhaupt möglich ist."

Klein und Timm und ein paar andere Kollegen hatten den Sinn des Spektakels erkannt. Man hatte ihnen die zerschlagenen Träume hoffnungsvoller

Peter Albra Brenner   Alois und der Lektorenmord

Nachwuchsautoren vor Augen gehalten, und es war kein Zufall, dass ihnen manche der benutzten Formulierungen bekannt vorgekommen waren. Es waren zum Teil ihre eigenen Kreationen, und wenn sie ehrlich waren, dann hatten sie abscheulich geklungen, bösartig gar und es war nur eine logische Konsequenz, dass die hier anwesenden Nachwuchsautoren nicht gut auf die versammelten Lektoren zu sprechen waren.

Sie schämten sich zutiefst für die in der Vergangenheit begangenen Abscheulichkeiten- auch stellvertretend für die Ignoranten, die die richtigen Schlüsse noch nicht gezogen hatten.

Ute Timm erhob sich, in der Absicht, auf die Bühne zu treten und vor allen Anwesenden für sich und ihre Kollegen Buße zu tun. Verena Klein hielt sie jedoch zurück. Es war mehr ein Impuls als ein klarer Gedanke, der sie Timm an ihrem Platz halten ließ. Etwas in der Art, der Gestik, der Körpersprache des Bürgermeisters sagte ihr, dass sie besser Abstand halten sollten. Timm verstand dies gleich darauf auch ohne Erklärungen.

Also warteten sie die weiteren Ereignisse ab in der Hoffnung, der Bürgermeister käme bald zum Ende und sie könnten ihre Sternenfahrt, wenn auch längst nicht mehr so fröhlich, fortsetzen. Oder eben zu Fuß zur Waldhütte marschieren.

Eine ältere Frau brachte Stoltz eine Schüssel und hielt sie ihm hin. Er tauchte seine Hände hinein und brachte sie tropfnass zum Vorschein. Die trocknete er an einem Handtuch ab, das ihm eine zweite Frau brachte. Er wirkte dabei wie ein edler Mime, ein gut ausgebildeter Schauspieler. Timm und Klein konnten nicht umhin, seine Anmut zu bewundern.

„Ich denke, Sie alle kennen diese Szene und das dazugehörige Sprichwort. Pilatus dachte, er könne bei der Verurteilung Christi eine reine Weste behalten. „Seht, ich wasche meine Hände in Unschuld." Das waren seine Worte. Es sei erlaubt, seine Geste und Worte zu borgen. Der alte Römer wird es mir verzeihen - auch wenn es bei ihm nicht geklappt hat." Sein Lächeln, das diese Worte begleitete, wirkte wie eine eiskalte Dusche. Nur wenige der Lektoren froren nicht plötzlich bei dem Anblick.

„So hört, was ich Euch sage! Das, was nun folgt, habt Ihr euch selbst zuzuschreiben. Diese geballte Arroganz, die ich sehe, wenn ich in Eure Reihen blicke...sie macht mich sprachlos, sprachlos vor Wut! Doch nicht nur mich."
Er hob den Kopf, schaute über die Bierbänke hinweg und brachte die Lek-

toren dazu, sich umzudrehen. Viel gab es da nicht zu erkennen, außer einer schwarzen Wand. Die Verwirrung der ahnungslosen Hörer war fast vollkommen. Keiner konnte sich einen rechten Reim auf die letzten Worte und die Gesten des Bürgermeisters machen, selbst die nicht, die hinter den Sinn des Theaters gekommen waren. Allerdings war ihnen der –ungefragte- Wechsel zum „Du" sehr wohl aufgefallen. Er war nur ein weiteres Indiz dafür, dass sich die Stimmung grundlegend geändert hatte.

Dem Vollmundredner war das laute Lachen auf einmal gründlich vergangen. Die Spannung, die so urplötzlich in der Luft hing, hatte nicht nur seine gute Laune vertrieben. Die Stirn in Runzeln gelegt, hatte er der Rede des Bürgermeisters mit starrem Blick gelauscht.

Nun erhob er sich von seinem Sitz, gerade als Stoltz erneut ansetzte. „Ich möchte mich sehr herzlich für das herrliche Schauspiel bedanken, das Sie uns in unvergleichlicher Manier dargeboten haben. Ich denke, ich spreche für uns alle, wenn ich sage, dass es nicht nur bemerkenswert war, sondern schlicht und ergreifend großartig! Doch nun würde ich gerne die Sternenfahrt fortsetzen. Es ist schon spät, und wenn ich mich nicht täusche, haben wir noch eine längere Strecke vor uns. Wenn Sie also alle so nett wären..."

Während der letzten Worte gab Stoltz das Zeichen, ein erneutes, kaum wahrnehmbares Nicken. Daraufhin kam der Übergewichtige nicht mehr dazu, den angefangenen Satz zu vollenden. Verwundert über den plötzlichen Schmerz in seiner linken Brusthälfte und dem spitzen Gegenstand, der dort so unvermittelt hervortrat, vergaß er, was er sagen wollte. „Was für eine Sauerei!", dachte er beim Anblick des roten Saftes, der sein sündhaft teures Hemd mitsamt Jackett schnell und unaufhaltsam ruinierte. „Wer bezahlt mir hinterher die Reinigung?"

Diesen Gedanken gedacht, sackte er zusammen und hörte nicht mehr die entsetzten Schreie seiner Kollegen, in die das hämische Gelächter aus der schwarzen Wand einfiel.

*

„Was machen Sie an meinem Auto? Du meine Güte, kaum verlässt man es für kurze Zeit, schon steht einer da und versucht, es sich unter den Nagel zu reißen! Himmel hilf, kann man denn nicht einmal hier im Wald sein Fahrzeug für kurze Zeit alleine lassen?"

Peter Albra Brenner   Alois und der Lektorenmord

Erst jetzt verstand Rohlenz, dass bei ihr überhaupt nichts mehr stimmte. Sein Pech: Sie hielt auch noch ein Gewehr in Händen.

Der doppelte Lauf der Schrotflinte beschrieb schwindelerregende Bahnen, während die vollkommen aufgewühlte Alte Marco mit ihrem unsinnigen Gewäsch überzog. Dem klebte der Blick geradezu an den Mündungen, in dem sicheren Gefühl, dass sie bald Feuer spucken müssten. Die Übelkeit ließ nicht lange auf sich warten.

„Was sagt er nun, hä? Hat er nicht gedacht, dass ich ihn erwischen würde, das Bürschchen! Na warte, er wird seine Lektion erhalten. Harmlose alte Frauen bestehlen, ja schämt er sich nicht?"

Sie trat auf ihn zu und hielt das Gewehr endlich ruhig. „Danke, o vielen Dank!" seufzte Marco, froh über diese eine Kleinigkeit. Nun war er endlich in der Lage, sich über die Worte Gedanken zu machen, mit denen er die alte Frau zur Besinnung bringen wollte.

„Frau..." Marco schlug sich gedanklich an die Stirn. „Du Depp wirst es nie kapieren, dass sie ihren Namen nicht preisgegeben hat!"

Neuanfang. „Sie kennen mich doch! Wir sind schließlich zusammen hierher gefahren. Nicht ganz, Sie haben mich weiter hinten aussteigen lassen, aber doch fast, also..."

„Wen will er damit hereinlegen? Mich? Mich! Ha! Burschen wie ihn gibt es wie Sand am Meer! Sie glauben, sie seien so furchtbar klug. Gerissen. Ja, gerissen ist das richtige Wort, meine Liebe! Sie denken also, sie seien so unglaublich gerissen, könnten uns alte Frauen einfach so um den Finger wickeln. Unglaublich, diese Unverfrorenheit!"

Marco wartete unvermittelt auf das Wort „Gollum". So, wie das unglückselige Wesen aus „Der Herr der Ringe" schien auch sie mit einer unsichtbaren, zweiten Persönlichkeit zu sprechen, wobei die Schrotflinte erneut ihren verrückten Tanz beschritt. Marco schloss die Augen, um ihm nicht länger folgen zu müssen. Auf diese Weise war es fast erträglich, was sie von sich gab.

Es stand nun endgültig fest, dass sie taub war für alle Vernunft und er nur seinen Atem vergeudete, wenn er es weiterhin versuchte. Statt dessen konzentrierte er sich auf das einzig Vielversprechende, und das war das, was ihm die Alte schon die ganze Zeit über vorwarf.

Peter Albra Brenner   Alois und der Lektorenmord

Der Zündschlüssel steckte. Er stand direkt an der offenen Beifahrertür. Die Irre brabbelte sich langsam in Trance. Der richtige Augenblick war nicht mehr fern. „Lass sie noch ein bisschen Selbstgespräche führen. Nur noch ein bisschen. In wenigen Minuten sitzt du hinterm Lenkrad und hast sie hinter dir gelassen." Die Aussicht half, das immer unerträglicher werdende Geschwätz seines Gegenübers zu ertragen. Sie zeichnete sogar ein feines Lächeln auf sein Gesicht. Das wiederum brachte die Frau noch mehr in Rage.

„Was heckt er nun schon wieder aus? Hat er einen weiteren Streich, den er mir spielen will? Was grinst er so hämisch?" Und so weiter und so fort. Sie kam immer mehr in Fahrt, die Worte bald nichts weiter als ein Brei aus unverständlichen Silben. „Gut so!", dachte Marco, der die Schrotflinte schon fast vergessen hatte. Er folgte längst nicht mehr ihrer Bahn, im Glauben, dass nichts mehr anbrennen könne. Sie würde sich irgendwann so sehr neben sich stehen, dass er seine körperliche Überlegenheit einsetzen und sie entwaffnen konnte. Es war nur eine Frage von wenigen Minuten.

Das war eine fatale und vor allem dumme Fehleinschätzung, denn Marco hatte eigentlich längst erkannt, dass sie unberechenbar war. Als Lektor kannte er sich mit der Bedeutung von Worten aus. Schließlich konnte er nur gut korrigieren, wenn die Bedeutungen seiner Worte und Sätze, die einen ursprünglichen Text ersetzten, voll ins Schwarze trafen. Die Bedeutung des Wortes „unberechenbar" war diese, dass eine Person nicht auszurechnen war- weder in Stimmung, Gesinnung noch Tat.

Marco brachte sich also unnötig selbst in Bedrängnis, weil er Bruder Leicht-sinn die Türe öffnete. Der freute sich immer über Gesellschaft und liebte es zudem, den Bekannten, der ihn so innig begrüßt hatte, ins Verderben zu führen.

*

„I`m Walking on Sunshine"..."tu ta ta"..."Wenn ich ein Vöglein wär"..."Wochenend und Sonnenschein, und dann...Mist. Heißt es im Boot allein, im Bett allein oder unter dem freien Himmel allein...ach. Egal!...Summ, Summ, Summ, Bienchen summ herum...The SKY is the Limit! Yeah Baby, genau so ist es..."

Seit Minuten nun rezitierte Iris die unterschiedlichsten Lieder oder Sprüche, die Stimme leise, fast andächtig, als befände sie sich in einem geheiligten

Raum, der nur solche Töne zuließ. Tatsächlich gellten ihr noch die Ohren von ihrem eigenen, langanhaltenden Panikgeschrei. Das Gesicht war blutig gekratzt, am Körper hatte sie sich viele Prellungen zugezogen, er schmerzte, doch sie merkte nichts davon. Sie war merkwürdig distanziert, als erlebe sie nichts von alledem selbst, sondern als sei sie nur ein Zuschauer, der das Schreckliche aus der bequemen Sicherheit seines Sessels verfolgte. Das allerdings mit einem sehr unangenehmen Gefühl im Kopf.

Diese Migräne! Das aber auch die Ärzte kein Mittel dagegen fanden! Unfähiges Pack! Wie oft hatte sie ihnen schon die Symptome geschildert. Ach, Frau Gerald, so beschreiben Sie uns doch den Schmerz bitte genau. Na gut, zum tausendsten Mal. Es ist, als bohrten viele kleine, gemeine Männchen oder Tierchen an meiner Kopfhaut herum. Ist er immer gleichbleibend so? Ja. Nein. Heute scheint es, als suhle sich allerlei Gewürm auf meinen Haaren. Aha. So so. Mm. Gut. Mal sehen, was das bedeutet...

Es war das zweite Mal in ihrem Leben, dass Iris zur Unbeweglichkeit verdammt war, die Premiere war wenige Wochen vor ihrer Einschulung. „Ferien auf dem Bauernhof. Ihr Kind wird es lieben... Eine Welt voller neuer Erfahrungen wird sich öffnen..."

O ja, eine Welt voller neuer Erfahrungen! Selten hatte eine Anzeige mehr gehalten, als diese. Sechs Wochen Ganzkörpergips, sechs Wochen Erstarrung in einem Krankenhausbett bedeuteten sehr wohl neue Erfahrungen. Nicht zu vergessen den vorausgegangenen freien Fall in der Scheune in die so trügerisch weich erscheinenden Strohballen. Nun gut, die hatten sie nicht zu diesem Schicksal verdammt. Sondern die Lücke, die sie nicht gesehen hatte.

Aber, was beschwerte sie sich überhaupt. Hier und heute ging es ihr viel besser als damals. Die meisten juckenden Stellen erreichte sie, und das war doch schon was! „Man sollte auch für Kleinigkeiten dankbar sein und sich an ihnen erfreuen!", sagte sie laut, als wollte sie die Worte unsichtbaren Zuhörern zurufen.

Der Wahnsinn drohte Besitz von ihr zu nehmen. Doch sie weigerte sich momentan einfach, über ihre ausweglose Lage nachzudenken. Sie streikte. Ein Segen bei den gegebenen Umständen. Auf diese Weise ging der Verstand nicht völlig flöten- zumindest nicht auf einen Schlag.

*

Peter Albra Brenner   Alois und der Lektorenmord

In einigen Kilometern Entfernung griff der Wahn auch nach Ute Timm und Verena Klein, die Unbegreifliches erlebten. Pandämonium. Genau das passende Wort. Wie die griechische Vorstellung der Gesamtheit aller bösen Geister, fielen die involvierten Bewohner der umliegenden Dörfer, die um die Lichtung herum lagen, über die ahnungs- und wehrlosen Lektoren herein. Blut. „Alles ist Blut - welch ein Titel, welch ein grandioser Titel für ein Buch!", dachte Timm. „Das ist es. Endlich habe ich einen Vorschlag für..."

Sie vergaß den Namen des Autors angesichts der auf sie zustolpernden Waltraut Zanker, die sie mit weitaufgerissenen Augen und einem noch weiter aufgerissenen Mund anstarrte, als wolle sie einen der unzähligen Redeschwalle über sie und Klein ergehen lassen. Nur, dass die Worte hinter einer dicken Wand aus Blut verborgen waren, die ihren Mund verschloss.

In ihrem Schock, der zunehmend größer wurde, dachte Timm verwundert, wie viel Blut doch aus dieser Schwätzerin hervor trat und ob es denn normal sei, dass ein Mensch so viel roten Lebenssaft vergießen könne.

In den vielen Schatten, die das ständig angeschürte Feuer warf, wirkte alles wie ein Schattenspiel aus der Hölle, die mordlüsterne Landbevölkerung grotesken Monstren gleich, die mit Wonne über die wehrlose Herde der Lektoren hereinfielen und wie blutrünstige Wölfe unter unbewachten Schafen wüteten.

Die vorläufige Verlängerung ihres Lebens verdankte Timm Verena Klein, die eine völlig neue Seite an sich entdeckte. Sie behielt trotz des unbeschreiblichen Horrors die Herrschaft über ihre Gedanken- - und ging in Windeseile alle Möglichkeiten durch, die blieben. Sie entschied sich für die verwegenste aller Strategien, die sehr viel Mut und Standhaftigkeit bedingte, die aber andererseits auch die Rettung bedeutete, wenn sie die Karten richtig spielten. „Bitte mach´ einfach mit und wehr´ dich nicht!", flehte sie Ute Timm in Gedanken an. Dann zog sie die ältere Lektorin langsam und bedächtig mit sich. Es waren nur ein paar wenige Schritte bis zur Bühne, doch sie liefen auf die rötliche Figur des Bürgermeisters zu, der die Mörder dirigierte.

„Er wird uns nicht bemerken, weil wir wie die Schnecken schleichen", dachte Klein, die den ermutigenden Gedanken dringend brauchte. Im Geiste zeichnete sie sich als Mäuse, die auf die regungslose Form einer Katze zugingen. Er schaute über ihre Köpfe hinweg, den Blick starr auf das Zentrum des Metzelns gerichtet. „Du darfst jetzt nicht nach unten schauen, hörst du? Schau woanders hin, nur nicht nach unten!"

Ute Timm ließ sich widerstandslos führen. Das diabolische Spektakel nahm ihr alle Kraft und zu klaren Gedanken war sie sowieso nicht in der Lage- sie war wie ein Roboter, der alles tat, was man ihm befahl. Damit spielte sie Verena Klein in die Karten; die brauchte eine ruhige Partnerin an ihrer Seite und keine, die in Hysterie verfiel. „Man soll sein Glück ja eigentlich nicht herausfordern!", dachte sie, während sie dem Ziel langsam näher kamen, „doch schau´ nur einer daher- wir sind noch am Leben und die Barbaren sehen uns nicht."

Noch bevor der Stolz auf die eigene Leistung kommen und Unheil anrichten konnte, mahnte sie sich selbst, dass der Brei längst nicht gegessen sei- auch wenn sich das Geschehen an einen anderen Ort verlagert hatte. „Alles spielt für uns", frohlockte Klein und drückte ihre Kollegin sanft auf die Knie. Augenblicke später lagen sie unter der Bühne unweit von einigen dahingemeuchelten Kollegen, die sie aus ausdruckslosen Augen anstarrten. Klein presste die Lippen zusammen und schrie nicht. Gefühle waren in dieser Nacht fehl am Platze- sie konnten einen den Kopf kosten. „Denk´ einfach, dass sie Puppen seien," dachte Klein. Der selbsterteilte Ratschlag half, den kühlen Kopf beizubehalten.

Nach einer Weile ebbte der Geräuschpegel ab und sie hörten *seine* Schritte. Das Holz ächzte und stöhnte unter seinen Schritten. Wie ein Derwisch lief er über die Bühne und ließ seine Anweisungen los. „Wir werden uns wiedersehen und ich werde dich für all´ das büßen lassen!" Klein zog Kraft aus den Rachegemälden, die sie zeichnete. Sie hielten sie vom Verlassen des Verstecks ab, weil sie die Wut anschürten, die Angst deckelten und eine Verantwortung auf ihre Schultern abluden. „Und wenn es das Letzte ist, das ich tue- ich werde euch alle rächen!", versprach sie den toten Kollegen und all´ denen, die noch fallen würden.

Stoltz lief zur Höchstform auf und entdeckte, so wie Klein, ungeahnte Fähigkeiten an sich. Er dirigierte die wütende Horde nach Belieben, trotz des Blutrausches, der die Killer überkommen hatte. Er war ein Maestro, der sein Orchester unter Kontrolle hatte. Den Lektoren, die die erste Welle des Schlachtens überlebt hatten, blieb keine Chance.

Manche ließ er bewusst nahe an das schützende Dickicht der ersten Baumreihen kommen, um sich mit diabolischer Freude an ihrer Verzweiflung zu laben, wenn die Schlächter doch über sie herein fielen.

Einige wenige waren seinen allgegenwärtigen Augen entgangen- bis er sie kurz vor den ersten Baumreihen doch noch sah und die Schlächter zu ihnen sandte. „Ich krieg´ euch alle!", flüsterte er voller dunkler Freude. Sie vertiefte sich angesichts seines Vorhabens, den einen Lektor, der zurückgeblieben war, eigenhändig über den Jordan zu senden.

Er ahnte nichts von den beiden Damen, die zu seinen Füßen sicher versteckt lagen und damit eine Kerbe in die perfekte Ausführung des Planes schlugen.

Als Timm die Lähmung des Schocks langsam abschüttelte, brachte Klein sie vollkommen entspannt auf den neusten Stand. Auf Timm wirkte sie wie eine kühle Kriegerin, die absolut Herrin über die Lage war, und deshalb übergab sie ihr das Zepter und das Versprechen, alles zu tun, was Klein aufs Tablett bringen würde. Die Abmachung gab Klein noch mehr Selbstsicherheit und sie lief zur absoluten Höchstform auf. Sie entwickelte einen sekundengenauen Fahrplan für ihre Flucht, der den Umständen entsprechend einige Unwägbarkeiten beinhaltete, die für Klein aber keine Rolle spielten. Sie dachte, sie habe die Schergen durchschaut und dass die ihnen automatisch in die Karten spielen würden. „Es kann doch nicht sein, dass die so davon kommen!", wisperte sie. „Das hier muss gesühnt werden!"

Als das Schlachten vorbei war, senkte sich eine unnatürliche Stille über die Lichtung, die nur durch das Knacken des Lagerfeuers unterbrochen wurde. Alles stand still, als sei die Animation aus den Schlächtern gewichen, jetzt, da sie ihr Werk vollbracht hatten. „Vielleicht", dachte Timm, „versteht ihr auf einmal, was ihr da angerichtet habt. Und das schlechte Gewissen drückt euch in Grund und Boden. Das wünsche ich euch Idioten! Und dann nehmt alle einen Strick und hängt euch an den Bäumen auf. Davon gibt es hier ja genügend!" Die Bitterkeit und der Hass übermannten Timm angesichts der Bösartigkeit und der Niedertracht der Mörder. Sie blieb nur deshalb unter der Bühne, weil sie Verena Klein ihre Gefolgschaft versprochen hatte. Die Alternative war, wenigstens einem der Schlächter das Leben zu nehmen. Wenigstens einer sollte büßen, und wenn sie selbst dabei drauf ging. Sie malte sich den Mord in Gedanken aus und befriedigte dadurch den Durst auf Rache.

Klein hingegen wartete einfach nur auf den einen richtigen Moment und verstand nicht, warum sie das Beseitigen ihrer Schandtat so weit hinausschoben. „Ihr müsst euch eurer Sache schon sehr sicher sein! Was seid ihr nur für kaltblütige Monster!"

Die Gleichung war einfach: Solange die Schergen nicht an das Einsammeln der Leichen gingen, konnten sie nicht unter der Bühne hervor kommen. Klein wartete nur auf den Beginn der Aufräumarbeiten. Sie zählte darauf, dass dann alle so sehr beschäftigt seien, dass sie die Lektorinnen nicht bemerken würden.

Doch man war scheinbar nicht gewillt, das Schlachtfeld aufzuräumen. „Geilen die sich jetzt an den Toten auf oder was?", fragte sie sich, nur um auf einen anderen Gedanken zu kommen, der noch verstörender war. „Die wollen die lieben Kollegen jetzt aber nicht als Mahnmal da liegen lassen, oder? Das wäre ja so was von daneben!"

Mittlerweile traute sie ihnen alles zu. Auch das! An die Konsequenzen wollte sie überhaupt nicht denken. „Ich *will* mir keinen anderen Plan ausdenken!", dachte sie und bemerkte zu allem Überfluss, dass sie dringend zur Toilette musste.

*

Kalter Stahl an des Mannes sensibelster Stelle machte Marco klar, wie sehr er sich über- und die Frau unterschätzt hatte. Sie hielt alle Trümpfe in der Hand und ihn ebenso. Nun flehte er zum himmlischen Schöpfer, dass sie möglichst sofort mental genesen solle. Dahingehend war aber offensichtlich nichts mehr zu machen. Ihre Worte spiegelten ihre ganze innere Zerrissenheit wider und selbst Marco, der sie nie für völlig geisteskrank angesehen hatte, musste nun einsehen, dass die Vernunft keinen Ansatzpunkt bei ihr fand.

„Ich hatte wirklich gedacht, Sie seien anders als ihre Kollegen. Verstehen Sie? Ich meine, deshalb wollte ich Ihnen ja helfen. Wirklich helfen. Sie hätten ihre Freunde retten können, doch nein, Sie haben sich mir gegenüber als äußerst undankbar erwiesen! Pfui über Sie!"

Sie spuckte mit so viel Vehemenz auf den Boden, dass etwas von der Spucke an Marcos Hand kam.

Peter Albra Brenner   Alois und der Lektorenmord

Der Lektor wollte irgendetwas sagen, zum Beispiel, dass die anderen ja gar nicht seine Freunde seien, zumindest die meisten davon nicht, sondern nur Kollegen, doch er hatte Angst vor dem, was seine Worte anrichten könnten. „Ein Zentimeter trennt mich noch davon, ein Eunuch zu werden!" Der Satz lief wie am Dauerband gezogen vor seinem inneren Auge ab.

Sie nahm sein Schweigen als Schuldeingeständnis und lächelte ihn zufrieden an. „Ja, es tut weh, wenn man erwischt wird!" Plötzlich drückte der Stahl noch etwas fester in sein weiches Gewächs. „Erst recht, wenn die Strafe auf den Fuß folgt." Und sie lachte, lachte ihr wahnsinniges Lachen, das durch den dunklen Wald scholl und allzu neugierige Bewohner davon trieb. „Oder soll ich sagen- in die EIER?" Nun gackerte sie und überzeugte damit auch die Tiere von ihrem Wahnsinn.

Es schien eine gute Gelegenheit zu sein, das Weite zu suchen. Doch weit gefehlt! Der Lauf der Schrotflinte wich nicht von der Stelle, von Abgelenktheit keine Spur. „Ist das jetzt so ein Multitasking Scheiß?", dachte Rohlenz verzweifelt.

„Wenn du willst, mache ich dir hinterher Pfannkuchen daraus!" Aus dem Gackern wurde ein Wiehern.

Dann brach es abrupt ab. Rohlenz schien es, als zeichneten sich die Lachfältchen noch ganz fein ab, während sie urplötzlich todernst dreinblickte. „Sag´ auch schön „ARRIVIDERCI" zu deinen beiden Süßen!" Mit den Worten zog sie den Abzug durch.

*

Den Wahnsinnigen, sagt man, seien besondere Kräfte gegeben. Es mochte nicht immer zutreffen, in Iris Geralds Fall allerdings schon. Anders ließ sich ihr Entkommen aus dem verrucht engen Gang nicht erklären. Sie fand ja selbst keine Erklärung für ihren Durchbruch. Alles was sie wusste war, dass sie sich jenseits des schrecklichen Tunnels wiederfand, nach einem, wie es schien, endlos dauernden Albtraum voller Ratten, Gestank, Ungeziefer und nicht mehr zu zählenden Wunden.

Genau die machten ihr unmissverständlich klar, dass es eben kein Albtraum, sondern ein tatsächlich erlebtes, höchst traumatisches Geschehen gewesen war. Ein Teil von ihr wollte das leugnen, den Horror nicht eingestehen, den sie durchlitten hatte. Iris stand am Anfang der Aufarbeitung ihrer Reise durch den Tunnel. Das immer wiederkehrende Leugnen war ein

Schutz, der eine mentale Wiederherstellung in Gang setzte, die aber Jahre in Anspruch nehmen würde.

Wie lange sie in dem Tunnel festgesessen hatte, ließ sich nicht ermessen. Die Taschenlampe war unterwegs verloren gegangen und eher würde sie ein Jahrzehnt in dieser Dunkelheit verbringen, als im Gang nach ihr zu suchen.

Die Gedanken ließen sich nicht ordnen, Angstattacken suchten sie heim. Iris traute der Sache nicht. Die Dunkelheit war trügerisch, und sie beschwor Hirngespinste herauf- eine Spezialität von ihr. Sie gaukelte Iris vor, dass sie der Enge und Niedrigkeit nicht entkommen sei. Darin war sie eine Meisterin.

Iris schien es jedenfalls dann und wann, als stünde sie nicht, sondern als läge sie plattgedrückt auf dem Boden, über und neben sich nur wenige Zentimeter Raum. Dann fuhr sie mit ihren Armen und Beinen nach allen Seiten aus, als tanze sie einen eigen-kreierten Tanz zu einer Musik, die sie allein hörte.

Es dauerte lange, bis sie sich endgültig davon überzeugen ließ, dass ihre Finger ins Leere gingen und nichts fühlten als die kühle Luft, die von außen eindrang.

Ohne es zu wissen hatte sie einen Fan gefunden, der ihr in stummer Faszination zuschaute. Es war niemand anderes als Benno, die fette Ratte. Es waren nicht die außergewöhnlichen Bewegungen, die Iris für ihn attraktiv machten. Vielmehr war es der bemerkenswerte Geruch, den er für sein Leben gerne roch.

Seine Angebetete sah das naturgemäß anders. Sie schämte sich über die Maßen für die vollgeschissenen Hosen, die ihr größtes Missvergnügen bereiteten.

Und sie debattierte. Eine Stimme erklärte, dass die Kleidungsstücke dringend fort müssten. Dann würde es ihr in jedem Fall besser gehen- die Kälte der Nacht sei schließlich aushaltbar.

Eine zweite Stimme hielt dagegen, die Hosen hätten anzubleiben, weil Myriaden von Tieren nur auf die Erstürmung der bloßen Haut warteten. Sie wolle doch sicher keinen Anzug aus wimmelnden, kriechenden und stechenden Tierchen haben.

Diese zweite Stimme trug den Sieg davon, weil vor Iris′ innerem Auge ein Film ablief; sie spielte die Hauptrolle, Co-Stars waren eine Vielzahl an

Insekten, die ihren Unterleib in mehreren Schichten bedeckten. Das war ekelhaft anzuschauen, und deshalb blieben die Hosen an.

Die Debatte beendet, machte sie sich daran, nach der Quelle des Luftzugs zu suchen, der Stelle also, die sie in die Qualen der „Höllenpassage", wie sie den engen Durchgang inzwischen nannte, getrieben hatte.

Jetzt, da sie jenseits der Mauer stand, glaubte sie plötzlich nicht mehr daran, dass sie durch die Öffnung ins Freie gelangen könne. „Irgendjemand hat es auf mich abgesehen", sprach sie in die Finsternis hinein, „und der verarscht mich furchtbar gerne!" Iris war voller düsterer Gedanken, von denen sie dachte, dass sie die Realität widerspiegelten - und war deshalb absolut unvorbereitet auf die Überraschung, die sie erwartete.

*

Nach einer halben Ewigkeit begannen die Schlächter mit den Aufräumarbeiten. Nordt war es, der die Anweisung gegeben hatte, nicht der Bürgermeister. Der war seit dem Ende des Mordens still geblieben. Timm und Klein hofften zur selben Zeit, dass er sich das Leben genommen hatte. „Ein Würdenträger kann so etwas doch nicht guten Gewissens mit sich herum tragen!", dachte Timm.

„Zum Teufel mit diesem Arschloch!" Klein spie Gift und Galle. Dann nahm sie Timm sachte am Arm und zog sie zu dem Rand der Bühne, der gegenüber den Bierbankreihen lag. „Wie fleißig sie sind", ätzte sie angesichts der Dörfler, die die Lichtung wie die Ameisen säuberten. „Bald wird man nichts mehr von dem Schlachtfest sehen." Für einen Moment gab sie dem Hass die Oberhand. Dann erstickte sie alle Gefühle. „Wir sind diejenigen, die der Welt erzählen werden. Wir sind eure Henker. Wir werden euch in den Gefängnissen und Irrenanstalten besuchen und malträtieren. Wir. Verlasst euch darauf!"

Verena Klein wartete geduldig auf Timm. Sie fühlte die Angst der anderen, spürte das pochende Blut und die angespannten Muskeln. Sie umklammerte Timms Arm und flüsterte ihr ins Ohr. „Wir werden ganz ruhig gehen, als könnte uns nichts geschehen. Wir werden hier fortkommen und diese Arschlöcher der Justiz übergeben." Mehr sagte sie nicht, doch die Botschaft war angekommen. Timm wartete, obwohl sie die Flucht nach vorne antreten wollte.

Peter Albra Brenner   Alois und der Lektorenmord

Die Zeit rannte dahin und spielte ihre Psychospiele. „Ihr vertrödelt mich, lasst mich einfach dahinziehen, untätig, wie die Kaninchen vor der Schlange. Ihr hättet längst fliehen müssen, jetzt ist es zu spät, ihr werdet entdeckt werden, was dann geschieht, das wisst ihr ja."

Klein konnte sie nichts anhaben, Timm jedoch war anfällig für diese gemeinen Sätze. Die jüngere Lektorin wusste, dass Timm über kurz oder lang nicht zu halten war. „Das darf doch alles nicht wahr sein!", dachte sie. „Sind wir nur so weit gekommen, um kurz vor der Rettung abzukacken?"

Auf einmal spürte sie die auf ihr lastende Verantwortung und merkte zu ihrem Entsetzen, dass sie einzuknicken drohte. „Das darf nicht sein, das darf einfach nicht sein, nein, nein, verdammt noch mal, lass´ irgendetwas geschehen!" Es war ein Gebet und es wurde auf wundersame Weise erhört. Einer der Dörfler verlor im Vorbeigehen sein Messer, ohne sich dessen gewahr zu sein. Klein hatte es jedoch gesehen und die Gelegenheit nicht vorbei gehen lassen. Sie fühlte sich gleich besser und als sie dann die Lücke sah, gab es kein Halten mehr.

„Jetzt", flüsterte sie der anderen zu und hielt deren Arm fest umklammert. Es war, als halte sie eines dieser Aufziehautos in Händen, deren Feder unter Höchstspannung stand. Timm hatte nur auf das Kommando gewartet und hätte einen Sprint hingelegt, wenn Klein sie nicht festgehalten hätte. Sie erinnerte sich an deren Worte, dass sie ruhig gehen wollten, damit sie niemandem auffielen. Die Nerven flatterten aber und es fiel so verdammt schwer, ruhig dahin zu schreiten! „Sie sind überall und können dich jederzeit packen!" Timm kämpfte mit allen Mitteln gegen die aufkeimende Hysterie. Es war, als schwömme sie im Meer gegen eine starke Strömung an, wofür ihr eigentlich die Kraft fehlte.

Ihre Augen waren starr auf die ersten Baumreihen gerichtet, ihre Sinne fingen aber wesentlich mehr von der Szenerie ein. Hie und da rannten Personen in die Büsche und übergaben sich dort. Klein schlug sich an den Kopf, weil ihr diese Variation nicht in den Sinn gekommen war.

Das Geräusch eines startenden Traktors. Jemand fragte: „Wo will denn der Alois auf einmal hin?" Der Name ließ Timm aufhorchen. Und sie zermarterte sich das Gehirn, wo ihr der Name schon einmal begegnet war. Es war die perfekte Ablenkung- mit ihrer Hilfe hielt sie die Nerven in Schach.

Peter Albra Brenner   Alois und der Lektorenmord

Die toten Kollegen lagen in ordentlichen Reihen unweit des beginnenden Waldes. Timm sah den Mampfer, den man als erstes erstochen hatte. Er wirkte immer noch erstaunt, so, als wolle er sich gleich erheben und die Landbevölkerung um eine Erklärung für das seltsame Geschehen bitten. „Es tut mir Leid", sprach sie ihm in Gedanken zu, „Dannenberg und Gerald hätten mir zu denken geben müssen. Das hier geht voll auf meine Kappe!"

Klein sah ein paar Jugendliche, die sich gegenseitig auf die Schultern klopften und mit ihren Tötungsmethoden prahlten. Einer hielt eine Sense in der Hand, deren Blatt schwarz schimmerte. Von dem Gebaren der Halbstarken konnte man auf den Gedanken kommen, dass er so etwas ein Star war. „Mensch, Stefan, dass du deine Sense mitgebracht hast- echt hammerstark!" Der Angesprochene lachte. „Einen Kopf musste ich echt lange suchen, das glaubst du nicht, wie weit der gerollt ist!" Und so weiter, und so fort.

„Agent Orange- das wäre etwas für euch!", ätzte Timm. Sie ließ im Geiste den Walkürenritt abspielen und mehrere Hubschrauber heranfliegen, die die Schlächter niedermähten. „Wo ist die Army, wenn du sie brauchst?"

Auf einmal standen sie vor den Bäumen und es waren nur noch wenige Schritte bis sie zur relativen Sicherheit im Dickicht der Bäume.

Stolz, der die ganze Zeit über wie eine leere Hülle auf der Bühne gestanden war, hob plötzlich seinen Kopf. Als hätten die Lektorinnen eine unsichtbare Linie überschritten, die einen Alarm ausgelöst hatte, schaute er genau dorthin, wo die beiden zum Waldesrand schlichen. Das Feuer brannte hell, doch auf die Distanz konnte er nur die Anzahl der Personen erkennen, sonst nichts. Es gab keinen Grund für das, was er tat. Alle Lektoren lagen tot auf der Lichtung, alles, was sich noch bewegte, gehörte zu den Schlächtern. Punkt. Und doch...

„He, ihr da am Lichtungsrand- was macht ihr da?" Keiner dachte sich etwas bei seinen Worten. „Sie übergeben sich wahrscheinlich", riefen ihm manche in Gedanken zu. „Sie müssen mal austreten", dachten andere.

Es war eine Verkettung unglücklicher Umstände, dass es für die Lektorinnen eng wurde.

Klein widerstand dem Impuls, sich umzudrehen und versuchte auch Timm davon abzuhalten- einen Ticken zu spät. Timm schaute nach hinten, zur Bühne. Nur für Sekunden. Stolz erkannte sie nicht. Aber der Angeber. Die

Ansicht brachte ihn aus dem Konzept, wischte die nächste Prahlerei von seinen Lippen. Seine Gedanken gingen wild durcheinander; als er sie endlich geordnet hatte, waren die Lektorinnen im Wald verschwunden.

„D-da sind zwei entkommen!", rief er aufgelöst. Die Worte froren alles ein. Die Menschen glotzten blöd aus der Wäsche und standen wie erstarrt. Stromausfall. Etwas war geschehen war, das sie so nicht auf der Rechnung gehabt hatten. Nie im Leben hätten sie geglaubt, dass ihnen jemand entkommen könnte. In ihren Sitzungen und Planungsausschüssen war nie ein Notfallplan beschlossen worden. Das rächte sich jetzt.

„Sie werden uns verraten und dann sind wir geliefert!", dachte Nordt, der nur unweit der Bühne stand. Ein Gefühl der Unwirklichkeit drängte sich auf und es war, als sei er mit Blei übergossen. Alles war so furchtbar schwerfällig. Die Gedanken, die Bewegungen, die Handlungsfähigkeit. Der Förster erkannte sich selbst nicht wieder. In seiner Not wandte er sich an den Einzigen, von dem er dachte, dass der Abhilfe schaffen könnte. „Tu´ doch was, Manfred!", rief er auf die Bühne hinauf. Und er sah etwas, das sich gleich in seine Erinnerung brannte.

Stoltz, von den Worten des Försters wachgerüttelt, schüttelte sich wie ein Hund, der nass geworden war. „Es passt, irgendwie", dachte Nordt, „denn wir sind doch alle zu Hunden geworden."

Er ahnte nichts von den Automatismen, die nach seinem Zuruf in Stoltz abliefen und die Kontrolle übernommen hatten. Der Schultheiß war von dem Gefühl des Versagens niedergedrückt worden und dadurch zu einem Häufchen Elend geworden. „Ich habe sie enttäuscht!", wisperte er, als säße er in einem Beichtstuhl, allerdings ohne die Möglichkeit der Vergebung. „Sie haben mir vertraut, und ich habe zwei entkommen lassen!" So schwer lastete der selbst dargebrachte Vorwurf des Versagens auf ihm, dass er in sich zusammensank wie eine verwelkende Blume.

Dann war der Hilfeschrei des Försters an seine Ohren gedrungen und auf einmal kam er aus seinem Kämmerchen geschossen. Seine Worte explodierten geradezu, als er in das Mikrophon schrie.

„Auf was wartet ihr noch? Rennt ihnen hinterher, sie dürfen nicht entkommen! Packt sie und zerrt sie zurück! Wenn sie der Welt von dem hier erzählen, sind wir alle im Arsch!"

81

Stoltz gebrauchte normalerweise keine Kraftausdrücke, doch in Extremsituationen ließ er sich schon mal gehen. Und den Schlächtern war`s ein extra Ansporn. Sie stürmten wie die Wilden davon und jagten die unglücklichen Damen, deren Vorsprung sehr gering war.

*

Marco Rohlenz benahm sich, als sei er auf Droge. Sein Körper war vollgepumpt mit Glückshormonen, und er dachte, er müsse bersten. Mit Schreien der Erleichterung tanzte er durch den Wald, die Hände zum Himmel gestreckt und den Blick nach oben gerichtet und rief immer wieder „Danke, Danke, Danke", als wäre er Zeuge eines direkten himmlischen Eingreifens geworden.

Nichts anderes dachte er. „Sie ist tot und ihr meine geliebten EIER seid noch heil!" Den Satz wiederholte er unzählige Male, als müsse er sich vergewissern, dass er keiner Täuschung unterlegen war.

Sein Blick fiel dabei ständig auf die reglose Form der Alten, die unweit von ihm lag. Etwas steckte in ihrer Stirn -„Ein Teil der Waffe?", wunderte sich Marco. Deren Einzelteile lagen schließlich verstreut auf dem Boden, nachdem sie ihr in den Händen explodiert war. Vermutlich war dieses Teil in der Stirn für ihren Tod verantwortlich. Er selbst hatte nichts damit zu tun. Er war mit eingezogenem Schwanz und innerlich schon in Trauer um seine geliebten Hoden vor ihr gestanden und hatte gar nichts gegen das drohende Schicksal unternommen. „Das war das Werk einer höheren Macht", dachte er, wobei er Gott nicht nennen wollte - obwohl kein anderer in Frage kam. Es schien ihm unethisch, weil eine tief in seinem Bewusstsein verankerte Erinnerung davon sprach, dass der HERR nicht den Tod eines Menschen will. Marco hatte ihr den Tod auch nicht an den Hals gewünscht, obwohl er unter ihrer Unberechenbarkeit gelitten und sie ihn direkt körperlich bedroht hatte. „Es hätte nicht so enden müssen!", erklärte er der Toten, „wir hätten doch einfach zusammen einreiten und meine Kollegen retten können. Weiß der Teufel, was Sie geritten hat!"

Sie lag auf dem Rücken, das Gesicht starr zum Himmel gerichtet, als wolle sie ihrer Seele hinterher schauen. Marco trat auf sie zu und betrachtete sie mit einem fast schon zärtlichen Gesichtsausdruck. Er schloss ihre Augen mit sachten Bewegungen und sprach ein Gebet für sie. Irre oder nicht - sie hatte ihn mit dem Auto mitgenommen und damit schneller in die Nähe seiner Kollegen gebracht, als es ihm zu Fuß möglich gewesen wäre. Marco wusste das zu schätzen und wünschte ihr für ihre Reise ins Jenseits alles Gute. „Ich würde Sie gerne begraben", flüsterte er ihr zu, „doch die Umstände lassen dies nicht zu. Ich denke, das können Sie verstehen."

„Du hast sowieso schon viel zu viel Zeit verstreichen lassen, du Depp!" wies er sich zurecht. „Du kannst von Glück sagen, wenn sie nicht schon mit „der Lektion" angefangen haben! Wahrscheinlich kannst du nur noch die Überreste einsammeln!"

Die Alte hatte nicht explizit gesagt, was für eine Lektion geplant war. Aber nach allen Andeutungen schien es auf Leben und Tod zu gehen. Das Theater mit der Alten hatte sich über Stunden hingezogen, die Nacht, die der Kriminellen innigste Liebschaft ist, war vorangeschritten. Wenn sie ihr schändliches Werk verrichten wollten, mussten sie sich ranhalten. Marco hasste den Gedanken. Es war eine Sache, jemanden zu verabscheuen und eine völlig andere, ihn nicht vor dem Untergang zu retten. „Ihr geht mir teilweise zwar auf die Eier", erklärte er seinen Kollegen in Gedanken, „doch ich werde euch nicht im Stich lassen!" Dies gedacht, stieg er in das Auto der Irren und fuhr mit Vollgas los.

*

Iris „Frau Penible Sauberkeit" - noch so ein Spitzname, den sie von Marco hatte - hasste den Schmutz wie die Pest. Sie hasste ihn so sehr, dass sie Marco dann und wann heftigst in Verlegenheit gebracht hatte, wenn sie schmutzige Flecken gesehen hatte, die einem normalen Menschen nicht aufgefallen waren. Marco, die Faxen dicke, hatte ihr das Versprechen abgerungen, dass sie sich in Sachen „Schmutz" in der Öffentlichkeit zurückhalten würde. Es war ihr nicht leicht gefallen und sie hatte es auch nur seiner treuen Kulleraugen wegen abgegeben.

Jetzt stand sie da und war mit Schmutz - echtem Schmutz, ekligem Schmutz - bedeckt, hatte buchstäblich die Hosen voll, die sie auch noch freiwillig anbehielt, und war euphorisch. Marco hätte sie so nicht erkannt. Stein auf Bein hätte er jedem geschworen, sie sei nur eine Doppelgängerin. „Wenn die Iris einmal mit Schmutz in Berührung gekommen ist, kennt die gar nichts mehr. Dann kannst du ihr alles Gold der Welt und dazu den leckersten Kaffee vorsetzen. Sie wird nur den Schmutz im Auge haben, ohne sich um die Schätze zu kümmern!"

Die Erinnerung, wie Marco das einem Freund anvertraut hatte, wurde lebendig. Ein Credo, das sie nahezu perfekt beschrieben hatte.

„Es ist vorbei", flüsterte sie, als müsse sie jemandem erklären, dass eine Ära zu Ende gegangen war. „Ich bin nicht mehr dieselbe!" Die Worte begannen zu verblassen und sie dachte, dass sich etwas von ihr gelöst hätte.

„Tschüss alte Iris, hallo und herzlich willkommen neue Iris."

Die Euphorie, verstand sie, würde sie über längere Zeit tragen, denn diese neue Wesensart gefiel ihr ausnehmend gut. Und dann war da noch das „Goldene Tor". Iris nannte das Loch in der hinteren Mauer so, weil der Nachthimmel in weitem Ausmaß hindurchschimmerte, so dass die Lücke den Namen verdiente, denn sie war groß genug, um Iris passieren zu lassen.

Da sie nicht damit gerechnet hatte, war es ihr, als sei sie Sisyphos, dessen Arbeit endlich vollbracht war; sie dachte, sie müsse platzen vor Glück. Dieses Gefühl war ihr ziemlich fremd - Iris ließ sich nur schwer vom Glück übermannen; es musste sich seinen Platz hart erkämpfen und nur, wenn etwas sehr außergewöhnlich Schönes geschah, gab sie dessen Drängen nach. Der erste Kuss von Marco. Und dieses Goldene Tor, die unerwartete Möglichkeit zu entkommen, die sie, noch im Tunnel steckend, viel zu klein geredet hatte. Es musste schon in dieser Liga spielen, damit sie euphorisch wurde.

Triumphierend reckte sie die Hände gen Bunkerdecke. „Du bist nicht vergeblich durch die Hölle gegangen, altes Mädchen. Die Marter hat bald ein Ende!" Iris glaubte nicht daran, dass noch etwas schief gehen könne.

Das herausgebrochene Loch war nur durch Klettern erreichbar. Iris schätzte die ungefähre Höhe auf etwa drei Meter. „Ein Kinderspiel", erklärte sie. „Das Stahlbad liegt längst hinter dir."

Gestählt fühlte sie sich allemal. Das Klettern, die Erlangung der Freiheit waren reine Formsache. Das Blatt hatte sich zu ihren Gunsten gewendet. „Du bist jetzt der Depp!", rief sie ihrem Entführer zu. „Nur schade, dass ich dein blödes Gesicht nicht sehen werde!"

Ihre Einschätzung war korrekt. Die Rückwand des Bunkers war voller Risse, Löcher und Vorsprünge, die Händen und Füßen bequem Halt gaben, und war deshalb leicht zu erklimmen.

Peter Albra Brenner   Alois und der Lektorenmord

Aber es war eben ein altes Gebäude mit einer langen Geschichte und noch mehr Schutt. Es zerfiel langsam aber sicher in seine Bestandteile. Fallen fanden sich dadurch zuhauf. Der Substanz der Wand war nicht zu trauen. Stellenweise zerbröckelte der Beton richtiggehend unter ihren Händen. Sie hätte sich theoretisch eine Öffnung schaffen können. Doch die Wand war nur zu einem Teil marode. Der innere Teil war es, der langsam zerfiel. Der äußere dagegen hielt, und das verhinderte die Erschaffung eines Freigangs. Das Loch in wenigen Metern Höhe war also dem reinen Glück zu verdanken. Und es zu erreichen war Glückssache.

Weiter oben konnten sich Brocken lösen und sie am Kopf treffen. Oder sie konnte sich auf der Suche nach Halt an scharfen Kanten schneiden. Oder einfach fallen.

Ohne das Licht der Taschenlampe erkannte Iris nichts von alledem. Sie war eine selig Unwissende, die davon ausging, dass sie die Hölle längst hinter sich gebracht hätte. Sie hing an der Wand, als gelte es, einen bunkereigenen Rekord im Klettern zu brechen. Es war nicht der Mut der Verzweiflung, sondern eher Übermut.

*

„Das sind keine Menschen, sondern Dämonen!" dachte Klein voller Hass und Verzweiflung. „Sie haben schon so viele auf dem Gewissen und kriegen vom Morden nicht genug!"

Die Verfolger krachten durch das Unterholz, als seien sie auf einer Treibjagd. Der ansonsten in vollkommener Stille liegende Wald war erfüllt von höhnischen, zynischen Kommentaren, widerwärtigen, böshumorigen Rufen und Gelächter, das mit unschuldiger Fröhlichkeit nichts zu tun hatte.

„Psychologische Kriegsführung!", schoss es Timm durch den Kopf. Alle Versuche, sich dem Einfluss dieser nächtlichen Kakophonie zu entziehen, scheiterten kläglich. Den beiden Lektorinnen stand der pure Angstschweiß auf der Stirn. Was Wunder, da sie doch genau wussten, was ihnen bevorstand, fielen sie in die Hände ihrer Häscher. Das monströse Geschehen stand nur allzu deutlich vor ihren Augen, wobei ein Teil ihres Geistes immer noch versuchte, die Szenen als surreal abzutun.

Die Bestien holten auf. „Der Teufel ist mit ihnen im Bunde und gibt ihnen übernatürliche Kräfte!", dachte Klein angesichts des aussichtslosen Rennens. Sie fasste einen aus der Verzweiflung geborenen Entschluss, als sie eine dunkle Wand zu ihrer linken sah. Dorthinein drängte sie Timm und ließ auch angesichts der Dornen nicht locker, die sie überall piesackten.

Kaum steckten sie darin, als auch schon die ersten Verfolger ankamen. Wie erhofft, rannten sie an der Dornenhecke vorbei. Wer rechnete schon damit, dass sich jemand freiwillig in so etwas hinein begeben könnte?

Nach und nach krachten die Schlächter vorbei. Klein hoffte, dass sie nicht gleich bemerkten, dass niemand mehr vor ihnen rannte. „Wir brauchen wahrscheinlich nicht sehr lange", flüsterte sie.

Sie krochen hervor, als von dem Lärm der Jäger kaum noch etwas zu hören war. Die Kratzer, die ihnen von den Dornen beigebracht wurden, juckten jämmerlich. Sie bemerkten es kaum. Ute Timm befiel ein unwirkliches Gefühl. Es war, als sei etwas nicht an seinem Platze, was es war, konnte sie aber nicht erklären.

Klein zog die ältere Frau mit sich, die das zunächst wieder mit sich machen ließ, weil sie über die merkwürdige Wahrnehmung nachdachte. Es nicht in Worte fassen zu können, fuchste sie und deshalb musste sie es gleich enträtseln, auch unter diesen miesen Umständen. Das war ihr nur möglich, weil sie Klein vertraute und davon ausging, dass die sie in die richtigen Bahnen zog.

Nach einigen Minuten fiel der Groschen und Timm erkannte, dass die Stille so unwirklich war. Nach dem vielen Kreischen und Jammern und Heulen und Grunzen und hämischen Lachen wirkte die Stille im Kontrast wie etwas, das nicht in diese Welt gehörte.

Das Mysterium gelöst, war Timm wieder ganz bei der Sache - und verfluchte sich für ihre Naivität. Fassungslos sah sie den leichten rot-orangen Schimmer auf den Blättern der Bäume, die die Lichtung säumten, die sie vor wenigen Augenblicken erst mit klopfendem Herzen verlassen hatten. „Du hast sie alles alleine machen lassen", dachte sie mit Blick auf Klein, „dabei hat sie den Verstand verloren!"

Timm riss sich los von ihrer Kollegin und wich von der Lichtung zurück. Sie sah wohl Kleins fragenden Blick und deutete ihr an, ihr zu folgen. Sprechen fiel ihr nicht im Traum ein, da konnte sie ja auch gleich Feuerwerkskörper zünden. Das Gesindel auf der Lichtung würde sie garantiert hören und dann waren sie gleich noch mal im Arsch!

Klein verstand auch ohne Worte. Sie hielt die ältere Lektorin zurück und hatte dabei wieder dieses Gefühl, als bremse sie eines dieser Aufziehautos. Den Mund ganz nah am Ohr der anderen flüsterte sie eine volle Minute. Ute Timms Gesicht verzog sich dabei, als hätte sie den Mund voller Zitronen. Entgegen ihrer Angst sprach sie doch. „Sind Sie verrückt? Sie bringen uns in Teufels Küche!"

Klein lächelte süffisant. *Au contraire*, meine Liebe. Haben Sie nur Vertrauen." Dieses Mal fühlte es sich an, als zöge sie einen Motorroller mit blockierten Bremsen. Doch sie ließ nicht locker und bugsierte Timm zum Rand der Lichtung, wo sie einen guten Blick auf alles hatten.

Von dem wuchtigen Lagerfeuer war kaum noch etwas übrig. Der Schein der Flammen erreichte nicht mehr alle Ecken der Lichtung. Das musste er auch nicht. Die Bühne lag in Reichweite. Das war die Hauptsache. Denn die einsame Figur, die an ihrem Rand saß, war gut zu erkennen.

„Er ist allein, wie ich es mir gedacht habe", dachte Klein. Für ein paar Augenblicke nahm ihr Gesicht einen hasserfüllten Ausdruck ein. Es war ein Spiegel ihrer Seele, in der der Hass die Regie übernommen hatte. Er war rein und ohne Makel. Sie fühlte den Hass derer, die Zeuge eines furchtbaren Unrechts geworden sind und die nun die Möglichkeit sehen, sich dafür zu rächen.

Der Hass verschwand von ihrem Gesicht. An seine Stelle trat die hämische Vorfreude auf das Kommende. Stoltz hätte bei diesem Anblick laut schreiend die Flucht ergriffen, weil er genau wusste, dass sich das Blatt gewendet hatte. Auf einmal war er das Opfer, das dem Mörder schutzlos ausgeliefert war.

Klein hielt das Messer in das Licht der Flammen. Es erinnerte sie an einen Rambofilm, den sie nur ihres damaligen Freundes zuliebe mitgeschaut hatte. „Gott vergibt - Rambo nie!" Irgendetwas an diesem Zitat störte sie, als sei es nicht perfekt wiedergegeben.

Das Messer fühlte sich gut an. Es war die Waffe des einsamen Rächers, der von grausamen und bösartigen Narren umgeben war. Die fanden in vielen Filmen ein wohlverdientes Ende auf dem Friedhof.

„So wie du, Manfred!", dachte sie. Dann kroch sie los, ohne sich um Timm zu scheren, die sie von ihrem Vorhaben abhalten wollte. Klein hörte noch etwas wie „...nicht auf...selbe Stufe...Mörder..." Dann war sie zu weit von der älteren Lektorin entfernt. Und kam immer näher an den ahnungslosen Bürgermeister heran.

*

„Oh verdammt!" Allmählich kam sich Rohlenz wie ein Fahranfänger vor. „Du hast mehr Glück als Verstand!", flüsterte er, angesichts des dritten Beinaheunfalls innerhalb kürzester Zeit. „Du musst endlich langsamer fahren, sonst nützt du den Kollegen gar nix!"

Das sagte er sich zum x-ten Mal, doch die Nerven lagen blank. Weil die innere Stimme unablässig verkündete, dass er sowieso schon viel zu spät dran sei. Marco war sich des enormen Zeitverlusts bewusst, der auf das Konto der Alten ging. Und im gleichen Maß auch des Risikos, das die Raserei in einem Wald mit sich brachte. Eine Kollision mit einem Wildschwein käme ihn teuer zu stehen. Andere Tiere waren auch nicht zu unterschätzen. Ganz zu schweigen von den Bäumen. Er verstand das alles ja- doch der Verstand hatte nicht viel zu melden. „Es geht um Leben und Tod und das setzt alle Regeln außer Kraft!" Mit dem Credo fuhr er durch den nächtlichen Wald und wurde auch jetzt nicht langsamer.

Aber dann sah er etwas und hielt den Wagen plötzlich an. Für einige Sekunden schien es, als hätte er sich getäuscht. Der Wald stand schwarz wie in manchen Liedern besungen und ließ nur im Licht der Scheinwerfer etwas von sich erkennen. „Komm´ schon, ich kann mich doch nicht so sehr getäuscht haben!", flüsterte er. Irgendwo schrie ein Kauz und etwas raschelte im Untergrund. Das nächtliche Waldleben blieb scheinbar ungerührt von seiner Gegenwart.

Marco ließ das Auto anrollen, aber dann sah er es wieder. Ein Grinsen eroberte sein Gesicht, wie es breiter nicht sein konnte. „So, so, die Army reitet also ein", dachte er angesichts des flackernden blauen Lichts, das nur ganz marginal durch die Bäume drang. Er glaubte nicht eine Sekunde, es sei ein Krankenwagen oder die Feuerwehr, sondern ging ganz selbstverständlich davon aus, dass es die Polizei war. Weil die Kacke schließlich auch die anderen treffen musste und nicht nur die Lektoren. Und unzählige aufgeschlitzte Reifen nicht unbemerkt bleiben konnten. Ganz abgesehen von unzähligen aufgeschlitzten Lektoren? Er fragte sich immer noch, was die Landeier mit ihnen vorgehabt hatten. Eine Lektion für Lektoren – was für ein merkwürdiges Spiel und warum überhaupt?

„Ihr seid im Arsch!", rief er voller Häme aus. „Jetzt geht es euch an den Kragen, ihr verdammten Wichser!" Es fühlte sich gut an. Marco zeichnete Rachegemälde von wuchtigen Lagerfeuern, die die in Haufen aufgeschichteten Dorfbewohner verbrannten.

Auf einmal ging es, das langsame und bedächtige Fahren. Weil alles geregelt war. Man brauchte ihn nicht mehr als einreitende Kavallerie. Er würde Zeuge dessen werden, wie die debilen Bauern abgeführt wurden. Irgendwann, wenn er an dem von der Alten beschriebenen Ort angekommen war. Der Gedanke fühlte sich gut an. Marco summte Louis Armstrongs „Wonderful World", während er endlich gemütlich über die Waldwege schlich.

*

„Verdammt Der Scheiß Bunker verarscht mich doch!" Iris verstand die Welt nicht mehr. Sie saß mit verschränkten Armen auf dem Boden und schmollte. Die Zahl „Vier" tanzte in ihrem Geiste, als wolle sie sie aufziehen. „Vier Himmelsrichtungen, vier Elemente, vier Jahre Grundschule." Iris dachte diese Dinge, ohne dass sie es wollte. Sie kamen einfach daher und drängten sich auf. „Weil sie sich ja so schön mit der Zahl „Vier" verbinden lassen!", dachte sie und stieß frustriert die Fäuste in die Luft.

Der Frust war nur allzu verständlich angesichts der desaströsen Bilanz ihrer Ausbruchversuche. Viermal hatte sie die Wand nun schon vergeblich erklettert, obwohl sie mit aller Sorgfalt vorgegangen war - schon allein deshalb, weil sie wegen der Dunkelheit blind war. Immer war sie bis an den Rand des Loches gekommen, hatte sich hinein gekrallt und geglaubt, dass sie schon draußen sei. Dann hatte etwas nachgegeben- unter dem einen Fuß, unter dem anderen, der rechten Hand, beiden Füßen gleichzeitig- und sie war nach unten gestürzt.

Jetzt taten ihr die Beine weh und das Gesäß sowieso. Sie ignorierte die Pein in den Pobacken weil es in ihren Beinen pochte, als koche ein Kannibalenstamm eine ganze Gruppe Missionare. Auf den Rücken konnte sie sich nicht legen, weil das Kreuz angespannt war, als sei sie im Schraubstock gefangen. Also musste sie sitzen. „Ein Königreich für meine Heparinsalbe!", dachte sie und machte einen mentalen Merkzettel mit der Notiz, das Mittel in Zukunft immer bei sich zu tragen. „Ich wünschte, ich hätte dieses blöde Ding nicht verloren!", rief sie frustriert in den Bunker hinein. Ihr Blick fiel automatisch in Richtung Passage, in der irgendwo die Taschenlampe lag. Sie machte den Unterschied. In ihrem Schein hätte Iris herausfinden können, woran ihre Flucht gescheitert war, und außerdem hätte sie die Dauer der Nacht ermessen können. Ihrem Gefühl folgend schien es, als müsse der Morgen gleich um die Ecke sein. Iris wusste aber genau, dass ihrem Gefühl dahingehend nicht zu trauen war.

„Dir bleiben zwei Möglichkeiten, Mädel. Du wartest auf die Rückkehr des Bauern oder du schaffst von allein einen Abflug." Es hatte nie eine dritte Möglichkeit gegeben, Iris brauchte aber diese Analyse trotzdem- der Grund lag tief in ihrer Psyche verborgen. Dort war ein verängstigtes kleines Mädchen ständig auf der Suche nach dem wundersamen Ausweg, dem es in vielen Romanen begegnet war. Als kleines Mädchen durfte man die Phantasie der Autoren für wirkliches Geschehen halten. „Ich werde mich nicht in eine Elfe verwandeln und auch in nichts anderes. Es wird sich kein magisches Tor öffnen, und es gibt auch nur einen, der von einem himmlischen Streitwagen abgeholt wurde", resümierte Iris nüchtern. Die kleine Leseratte zog sich aber nicht zurück. Sie suchte weiter nach der völlig anderen Alternative und Iris ließ sie gewähren. Ein paar Schlucke Phantasie taten ihr gut. Sie brachten keine echte Hoffnung –bewirkten aber, dass es ihr ein bisschen besser ging.

„Was ich nicht verstehe", sprach sie laut, „ist, warum die Scheiß Wand unter meinen Fingern zerbröselt- und ich trotzdem keinen Ausgang schaffen kann! Das ist doch nicht logisch!" Iris hatte nach dem dritten Reinfall versucht, die Wand zu bearbeiten, doch die hatte ihren Attacken stoisch stand gehalten. „Als würde sie für diesen miesen Kerl arbeiten", dachte sie.

Der ging sicherlich davon aus, dass sie nach wie vor brav in ihrem Gefängnis saß und auf ihn wartete. Um so blöder würde er dreinschauen, wenn er sie nicht antraf. Iris fühlte sich gut bei dem Gedanken, andererseits aber führte sie diese innere Diskussion, wie er auf diese unvorhergesehene Entwicklung reagieren würde.

„Er wird lange dumm herumstehen, blöd glotzen und sich ständig am Hintern kratzen." „Er wird toben und das halbe Gebäude auseinandernehmen."

„Er wird stinkwütend sein und mich kalt machen!"

Das kleine Mädchen zuckte zusammen, doch Iris wählte die letzte Alternative aus. Ihre Erinnerungen an ihn, den Entführer, waren nicht sehr aussagekräftig. Einige wenige Bilder, die in ihrer Erinnerung festklebten und die ihn nicht als Monster zeigten, sondern als einen netten, harmlosen Bauern. Freundlich war er gewesen, hatte sie mit selbstgemachtem Most versorgt. Einen kaltblütigen Entführer/Killer stellte sie sich anders vor. „Stille Wasser sind wohl doch sehr tief!", resümierte sie. In jedem Fall wollte sie nicht mehr anwesend sein, wenn er zurück kam. „Auf den neuen Morgen darf ich mich nicht verlassen. Also muss ich es weiter blind versuchen." Iris stöhnte beim Aufstehen wie eine alte Frau. Alles tat ihr weh, ein Festival des Zwickens und Pochens. Sie nahm es mit Galgenhumor. „Jetzt weiß ich wenigstens, wie ich mich in vierzig Jahren fühlen werde. Na komm, packen wir es an."

Sie verstand das leichte Gefühl selbst nicht, mit dem sie den fünften Versuch anging. Ein wenig war es so, als sei sie eine Protagonistin und eine Zuschauerin zugleich, was ihr erlaubte, über das eigene Missgeschick zu lachen.

Die Heiterkeit zerplatzte wie eine Wasserbombe, als sie das Motorengeräusch hörte. Es kündete Unheil an. Der Grund war denkbar einfach: Es war eine Rarität. Es war das erste seiner Art, das an ihre Ohren drang. Iris hatte ja schon vorher eruiert, dass ihr Gefängnis weitab vom Schuss lag. Wenn also ein Fahrzeug heranfuhr, hatte dessen Fahrer garantiert etwas in ihrem Gefängnis zu erledigen.

„Was ist, wenn er nicht alleine kommt?" Auf einmal stand diese Frage im Raum und schnürte ihr die Luft ab. „Er schließt auf, sieht den leeren Raum, sie trennen sich, einer schlängelt sich durch den Gang, die anderen umrunden das Gebäude und Zack!- haben sie mich!"

Iris hechtete zur Wand und riss sich in die Höhe, als sei es ausgemacht, dass er mit einer Horde Finsterlingen daher kommen würde. Auf einmal war der Raum erfüllt von Angst, und die Verzweiflung labte sich an ihrem Zustand, der dem eines gehetzten Rehs glich, dessen Ausweichmöglichkeiten stark begrenzt waren. Das verängstigtes Tier reagiert auf solche Situationen mit unkontrolliertem Herumrennen, in dessen Prozess es sich meistens Schaden zufügt.

Iris schädigte sich auch. Sie gelangte, wie bei den anderen Versuchen schon, bis an die Unterkante des Loches und riss ein Stück Mauer ab. Dann fiel sie, wie zuvor auch - dieses Mal mit dem Rücken auf einen großen Brocken. Iris schrie, als würde sie am Spieß gebraten. Das Atmen fiel mit einem Mal schwer - die Luft schien sich nicht mehr in die Lungen verirren zu wollen. Schweiß brach sich Bahn auf ihrer Stirn und verteilte sich in dicken Tropfen auf dem Gesicht. Derweil verteilte sich der Schmerz wie ein Straßennetz über ihren Rücken. Die Welt war erfüllt von Schmerzen - Iris konnte an nichts anderes mehr denken. Nur dieser eine Gedanke stahl sich in ihr Bewusstsein - „Du hast dir das Rückgrat gebrochen, du wirst gelähmt sein." Wie auf einer Leuchttafel lief diese Gedanke vor ihr ab und machte sie systematisch fertig.

Irgendwann drang dumpf ein Geräusch an ihre Ohren. Iris konnte es mit nichts assoziieren, also dachte sie nicht lange darüber nach. Für den Moment wusste sie nicht, wo sie war. Turnunterricht bei Frau Meiser. Ein schiefgegangener Salto. Höllische Schmerzen auf der Turnmatte. Marcos geliebtes Bergwandern. Einen dummen Abhang zu spät gesehen. Viel blauer Himmel, viele Augen, die sie besorgt ansahen.

Iris war wie weggetreten, betäubt vom eigenen Körper, der sie vor dem traumatischen Resultat ihres Unfalls behütete. „Will mir denn keiner helfen? Marco, Marco, wo bist du nur? Komm´ schon mein Held, komm´ hilf´ mir auf."

Iris sah ihn heranstürzen, sah seine schreckensgeweiteten Augen, lächelte ihn an, dankbar für die Sorge auf seinem Gesicht. „Du bist eben doch der Beste", erklärte sie ihm, während er immer noch herangelaufen kam.

„Warum kommst du nicht? Jetzt mach´ schon, Süßer. Lass´ mich hier nicht verrecken."

Marco sagte etwas, aber es kam nichts an. Er wirkte wie ein Fisch, der das Maul ständig auf- und zuklappte und dabei saumäßig dumm ausschaute.

Iris wurde wütend. Sie ballte die Hände zu Fäusten und reckte sie ihm entgegen. Marco verschwand in einem Sternenregen und auf ihrem Rücken hatte jemand einen Waldbrand entfacht. Minutenlang schwamm sie in einem Meer aus Schmerzen, als sei das Fegefeuer keine Erfindung von klerikalen Finanzfüchsen.

Die Schmerzen waren grausam, doch sie reinigten auch den Geist. Als sie langsam abebbten, war nur der reine Verstand übrig, alles Phantastische war weggeschleift worden.

Iris machte sich also keine Illusionen mehr. „Du steckst bis zur Haarspitze im Scheiß!", flüsterte sie. „Jetzt musst du wirklich alles geben, damit du da

Peter Albra Brenner   Alois und der Lektorenmord

raus kommst!" Draußen ließ der Wind ein paar Blätter rascheln. Es war das Einzige, dass die stille Eintönigkeit unterbrach. Iris wusste nur zu genau, was das bedeutete. „Er ist also angekommen. Und du musst noch schneller handeln!"

Noch etwas ließ sich ableiten - etwas, das sehr nach ihrem Geschmack war. Er schien alleine gekommen zu sein. Iris hörte niemanden reden. Ein einsam klagendes Käuzchen ließ sich in einiger Distanz vernehmen. Es war ein Zeichen dafür, dass auch die leisen, feinen Geräusche ins Innere drangen. Also müsste ein Haufen ankommender Männer Meilen gegen den Wind zu hören sein.

Iris wollte, konnte aber nicht rasch aufstehen. Die Arme zitterten, als hätte sie schwere Lasten getragen und die Beine, als hätte sie einen steilen Berg erklommen. Beide schienen im Moment nicht sehr belastbar zu sein. Aber kleine Bewegungen waren möglich. Iris Gedanken stürzten sich förmlich auf das Positive: „Nein, ich bin nicht gelähmt, auch wenn mich der Rücken plagt, als sei ich achtzig! Und gebrochen ist hier auch nix!"

„Und mit hohem Tempo ist auch nix!", ätzte eine innere Stimme und trieb Iris zu einer Wut, die sie an niemandem auslassen konnte. Das Dumme war, dass diese innere Stimme recht hatte. Obwohl sie alle Kraft ins Aufstehen setzte, kam sie nicht richtig hoch. Als hätte sie das Aufrecht-Stehen verlernt.

„Das darf doch nicht wahr sein!", stöhnte sie. „Was in aller Welt ist nur mit mir los?"

Und als sei nicht alles schon kompliziert genug, hörte sie ihn auf einmal nebenan. „HERRSCHAFTSZEITEN, WAS IN DREITEUFELSNAMEN IST HIER LOS? WO IST DIE SAU, DIE DAMISCHE? SCHWEINEPRIESTER UND DREIMAL NEIGSOICHTE HURENBÖCKE!"

Die Schimpferei zog sich in die Länge. Iris lernte eine Unzahl neuer Flüche und Schimpfwörter kennen. Die Worte gingen ihr durch und durch, als träfen sie sie mit einem Messer. Die Angst vor dem Wüterich auf der anderen Seite der Wand nahm Formen an.

Andererseits schien er das Loch nicht zu bemerken. Iris nahm es dankbar zur Kenntnis und war wild entschlossen, die geschenkte Zeit nicht verprassen zu wollen. Mit aller Willenskraft schob sie sich vorwärts, hin zur Wand des Gefängnisses. Sie spürte das Blut pochen, als sie sich an den kalten Beton anschmiegte. „Einmal. Dieses eine Mal muss es klappen!"

Dann schob sie sich nach oben- zunächst –endlich- in eine aufrechte Position- danach traumwandlerisch sicher zur Öffnung in der Bunkerwand. Aber das kannte sie schon. Der Hofnarr saß am Loch und hatte ihr nun schon fünfmal eine lange Nase gedreht. „Noch einmal wirst du mich nicht abwerfen!", schwor sie, siegesicher. „Ich werde dich bezwingen, du verdammte Sau!" Ich werde..."

„WOS IS DENN DES?" Schritte, das Geräusch zerbröselnden Gesteins. Dann: „EIN LOCH! DURCH DIE WAND IST DIE SAU ABGEHAUEN! NA WART´, WENN ICH DICH ERWISCH!" Das Geräusch eilender Schritte, die nach oben hasteten.

Iris dachte, sie könne den Hofnarr tatsächlich sehen, und er drehte eine besonders lange Nase. Die Arme wirkten, als könnten sie sich nur noch Sekunden festhalten, die Beine waren Pudding. „Du bist im Arsch!", flüsterte einer. Iris wusste, dass er nicht da war. Aber er war ein großartiger Blitzableiter. Sie dirigierte alle Wut auf ihn und wollte es ihm so richtig zeigen. Ihre linke Hand krallte sich in das poröse Gestein an der Öffnung und als die rechte folgte, hielt sie den Atem an.

*

Klein spürte den Atem der anderen in ihrem Nacken. Timm schlich ihr hinterher wie der eigene Schatten. Sie sagte nichts, sondern blieb ihrer jüngeren Kollegin einfach auf den Fersen. Mahnend, flehend, bittend - im Geiste. So nah an dem Bürgermeister fehlte Timm der Mut, die Stimme zu erheben.

Klein kannte ihr Anliegen sowieso. Ute Timm glaubte nicht an das Prinzip der Selbstrache und wollte Verena Klein von ihrem Plan abbringen. „Auge um Auge, Zahn um Zahn, werte Kollegin!", dachte Verena. „Ich weiß, dass das in die alten Zeiten der Bibel gehört, doch hier und heute ist das für mich topaktuell."

Sie deckte die Zweifel wohlweislich zu. Und die eigene mahnende Stimme dazu. Die wurde des Erinnerns nicht müde, dass sie keine Mörderin war. „Was nicht ist, kann ja noch werden!", warf sie zurück. Danach beschloss sie, einfach nicht mehr zuzuhören.

Andere Gedanken bahnten sich den Weg in ihr Bewusstsein. „Wie willst du es machen?" Bilder tauchten auf. Gockel mit abgehackten Köpfen, die durch die Gegend rannten. Schafe, denen die Kehle durchgeschnitten wurde. „The Fog"- Verena würde die Szene nie vergessen, in der die Aufpasserin des kleinen Andy von mehreren untoten Seemännern dahingemeuchelt wurde.

„Blut wird spritzen- nicht fließen, sondern spritzen! Das muss dir klar sein!" Waltraut Zanker tauchte vor ihrem inneren Auge auf. Das Blut, das den Mund verschlossen hatte und scheinbar nicht aufhören wollte zu fließen. Jetzt sah sie auf einmal die Spritzer auf deren Gesicht und dem sündhaft teuren Sweatshirt. Dinge, die sie vorher nicht bewusst wahrgenommen hatte.

„Siehst du - so wird es aussehen! Das hältst du nie im Leben aus!" Zweifel und Skrupel waren sofort zur Stelle. Verena fühlte das Messer in ihrer rechten Hand. Es wog schwer, als hätte es an Gewicht zugelegt. Und sie fand das, was sie daran von Anfang an irritiert hatte. Es fühlte sich klebrig an, als sei es in Honig getaucht worden. Verena wusste, was es wirklich war und widerstand dem ersten Impuls, es fallen zu lassen. „Weiß der Geier, in wie viele Körper du eingedrungen bist!" Und, ganz automatisch hängte sich ein weiterer Gedanke an: „Es sollten nicht mehr werden."

Klein hielt an. Timm, die in den letzten Sekunden damit gerungen hatte, ob sie den Mord durch einen Warnruf vereiteln sollte, schöpfte sofort Hoffnung. „Sie ist zur Einsicht gekommen, Gott sei Dank!" Nichts anderes konnte die unerwartete Pause bedeuten. Sie würden zurückgehen, die Behörden verständigen und die Gerechtigkeit mit diesen Mitteln auf den Weg senden. In der Tat rang Klein mit dem Gedanken, den impulsiv gefassten Plan des Rachemordes fallen zu lassen und die Sache anders zu regeln. „Du wirst hinterher gut schlafen und dich nicht ständig mit einem schlechten Gewissen plagen müssen."

Das, musste sie zugeben, hörte sich vielversprechend an. Und das Bild, wie sie die irren Schlächter in den rechtlich vorgesehenen Institutionen plagen würden, war sogar richtiggehend geil. Sie gab Timm das Zeichen zur Umkehr. Die willigte nur allzu gern ein.

Aber dann kamen die Geräusche, die die Rückkehr der Verfolger ankündeten. Timm bekam es mit der Angst zu tun und suchte angestrengt nach einer Möglichkeit, sich vor den Häschern zu verstecken. „Wir müssen wohl auf einen Baum klettern", dachte sie und wollte dies Klein verständlich machen. Aber die war nicht mehr hinter ihr, sondern nahe an der Bühne dran, wo der Bürgermeister immer noch arglos saß und auf die Rückkehr seiner Schergen wartete. In dem Wenigen, was das niedergebrannte Feuer noch erkennen ließ, sah sie das Messer blitzen. Verena Klein hielt es in die Höhe, um auf den Mann einzustechen, der das Kommando zum Morden gegeben hatte. Er war nur noch drei Schritte von seinem eigenen Tod entfernt.

*

Marco war wieder zu Fuß unterwegs. Er hatte sich des Autos an einer uneinsehbaren Stelle entledigt, nachdem ihn der Lärm der Jäger weit im Voraus gewarnt hatte. Als Läufer war er nicht zu entdecken, wenn er es geschickt anstellte, die Kavallerie sorgte schon für Recht und Ordnung und außerdem war es nicht mehr weit bis zur Lichtung. Marco sah den rötlichen Schimmer, wie er sich ganz fein an den Bäumen vorbei schmuggelte.

„Wenn doch die staatliche Ordnungsmacht anwesend ist, warum gehst du dann zu Fuß?" Die innere Stimme, die diese Frage stellte, erinnerte ihn an die Alte. „Sie lässt dich auch nach ihrem Tod nicht in Ruhe!", dachte er und erwiderte: „Ein kleiner Rest Zweifel besteht. Nur für den Fall, dass außer der Landbevölkerung keiner da ist, lasse ich das Fahrzeug stehen." Die Stimme war damit zufrieden und sagte nichts mehr.

„Na dann los", sagte er und huschte auf das Licht zu. Unsichtbar wie ein Schatten kam er ihm näher. Auf allen Seiten rannten sie an ihm vorbei. Marco machte die Nähe zu den Bauern nichts aus. Im Inneren fragte er sich, woher die Coolness kam, fand aber keine rechte Antwort darauf. „Es wird wohl an der Polizei liegen", dachte er in der festen Annahme, dass seine Vorsichtsmaßnahme unbegründet sei.

Die Gedankenkette riss, als es mit der Stille auf der Lichtung vorbei war. Auf einmal war da ein Aufruhr, für den Marco nur der Begriff „Mob" einfiel. „Da wird jemand gelyncht! Die wollen tatsächlich morden! Und ich hatte im Geheimen gedacht – gehofft -, die Alte hat rumgesponnen. Ein Glück war`n die Bullen rechtzeitig!" Eine Freude, tief und unerschöpflich machte sich breit. Er war davon ausgegangen, dass die Polizei nur dazu gekommen sei,

Peter Albra Brenner   Alois und der Lektorenmord

um die Schurken in Gewahrsam zu nehmen, und nicht, dass sie noch Schlimmeres verhindern könnten.

Er nahm an, dass die Lichtung voller Polizeiwagen sei. Gesehen hatte er nur das eine Blaulicht, aber das musste nichts bedeuten. Womöglich hatte man ihnen einen Tipp gegeben und sie waren noch vor den Schlächtern dagewesen. Und jetzt suchten sie, Ordnung in das Chaos zu bringen.

Als er dann sah, sandte er der Alten einige sehr unfeine Wünsche mit auf den Weg ins Jenseits. „Ich hoffe, sie prügeln dir den Verstand dort ein!"

Denn die Kalkulation der Möglichkeiten, die übrig blieben, um heil aus der Sache heraus zu kommen, reduzierten sich auf ein erbärmliches Häuflein. „Da hat ja einer, der im Treibsand steckt, noch mehr und vor allem bessere Wege, seiner Misere zu entkommen!" Mit diesem kläglichen Credo ging er daran zu retten, was noch zu retten war.

*

Hoffen und Bangen, sicherer Untergang und herrliche Freiheit. Zwischen diesen Extremen bewegte sich Iris, als sie die Finger beider Hände in das Gestein am Loch eingegraben hatte. Die Mauer schwankte, als würde sie der stetig pfeifende Nachtwind hin und her bewegen. Iris wusste, dass es ein Trug war. Mauern schwankten nicht, es sei denn, sie waren extrem einsturzgefährdet. „Wenn es so wäre, müsste ich jetzt nicht klettern!", dachte sie und haderte mit dem Schicksal, das ihr keine brüchige Wand gönnte.

Sie schob sich mithilfe der Füße langsam nach oben, die Zähne in die Oberlippe geschlagen vor Anstrengung. Das Turnen war ihr nie leicht gefallen, schon gar nicht an den Ringen, dem Reck oder den Stangen. Die Arme zitterten nach wenigen Augenblicken und würden sie nur für eine kurze Zeit halten. Die Füße mussten es richten, doch sie fanden nur sporadisch Halt. „Du willst ihm nicht in die Hände fallen, das willst du einfach nicht, also tu´ was dafür!"

Iris ahnte nichts von den Dingen, die in Alois´ Kopf vorgingen. Die Bilder der Blutnacht auf der Lichtung, die ihn anstachelten. Die drei Lektoren, die er über den Jordan gesandt hatte, und das auf höchst blutige Weise.

Sie sollte sein Sahnehäubchen sein, das i-Tüpfelchen einer perfekten Nacht. „Ich werde dich leben lassen." So hatte er sie ansprechen und auf das vorbereiten wollen, was ihr bevorstand. Um sich an ihrer Freude zu laben und erst recht an dem Entsetzen, wenn sie verstand, dass der Satz unvollendet war. Und sie würde auf seine Erklärung warten.

Aber er würde sie nur stumm in den Wald führen und sie alleine herausfinden lassen, was er für sie vorgesehen hatte. Sie würde bald verstehen, obwohl sie viele Stunden dafür hatte. Sie würde auf die vielen tausend wuselnden Körper schauen und ihre Blase entleeren. Alois kannte das schon, sie war nicht die erste, die er in einen Waldameisenhügel eingrubnackt wie Gott sie schuf. Jede reagierte etwas anders auf ihr Schicksalflehend bis zur letzten Sekunde, stumm, oder wild fluchend. Eines war immer präsent- der Ausdruck der Pein auf den Gesichtern.

Alois war sehr auf die Reaktion der hübschen Lektorin gespannt. Er war so sehr erregt, dass er am ganzen Körper zitterte und sich sogar der kleine Stab aufrichtete.

„Ja, ja, im Wald da ist es fein, keiner hört dich schrein!" Gut gelaunt war er hier angekommen. Die gute Laune hatte die Votze gründlich verdorben! Nichts wars mit dem Ameisenhügel, jetzt würde sie herausfinden was geschah, wenn man den Alois ärgerte! „Das hättest du dir anders überlegen sollen!", dachte er, und malte sich aus, wie er sie in Stücke riss und ihr Gedärm in alle Himmelsrichtungen zerstreute. Stück für Stück würde er sie in Fetzen reißen, bis nichts mehr von dieser Hexe da war. Wenn´s sein musste, würde er jedes einzelne Gen auseinandernehmen.

Iris ahnte nichts von Alois´ Gedanken. Die Angst vor ihm war auch so immens. Sie half ein kleines bisschen, dass der letzte Fluchtversuch gelang.

Doch der Böse war schon so nah; laut und drohend drang das Geräusch seiner Schritte durch die Luft. Iris blieb gerade noch Zeit, sich in dem nächstgelegenen Gebüsch zu verstecken. Dann war er auch schon zur Stelle.

*

Klein kämpfte, hielt die Schlächter in Schach, indem sie das Messer wild fuchtelnd durch die Luft zog. „Kommt nur her, kommt schon! Wer von euch Arschlöchern will auch etwas abbekommen? Na, traut ihr euch nicht, ihr feigen Wichser?" „Komisch! Wieso greift keiner an? Die sind doch in der Überzahl!" Klein ließ die Gedanken nicht zu ihrem Gesicht wandern. Sie schien die Dörfler unter Kontrolle zu haben, aber das würde sich garantiert ändern, wenn sie die Gedanken errieten- Klein brauchte kein Orakel um zu verstehen, wie prekär die Lage dann für sie sein würde.

Momentan standen die Dörfler teilnahmslos in einem Halbkreis um die beiden Lektorinnen herum, Messer und Mistgabeln hingen schlaff in deren Händen. „Kann es sein, dass sie normal geworden sind? Einfach so, von jetzt auch nachher?"

„Was ist los mit euch? Ihr könnt doch vom Schlachten nicht genug bekommen, oder?"

Unzählige Augen starrten sie an, und Klein dachte, dass sie das schlechte Gewissen darin lesen könne.

Ein Stöhnen dirigierte ihren Blick zu Boden, wo der Bürgermeister lag und sich den rechten Arm hielt. Blut floss durch seine Finger und das Gesicht war aschfahl. Klein sah ihn mitleidlos an, obwohl der Ärger über den Warnruf inzwischen verpufft war. Irgendjemand hatte in letzter Sekunde „ACHTUNG!" gebrüllt und den Bürgermeister aufgeschreckt- weshalb sie ihn nur am rechten Oberarm getroffen hatte anstatt ins Herz. Jetzt, angesichts der unzähligen Augen, die das schlechte Gewissen der Besitzer sichtbar machten, war sie froh darum, ihn nicht tödlich getroffen zu haben.

Eine Frau trat vor, die Klein vage bekannt vorkam. Sie sah sie vor sich, in der Hand eine Schüssel mit Wasser, in die der Bürgermeister seine Hände eingetaucht hatte.

„Entschuldigung- dürfen wir ihn verarzten?", fragte sie mit schüchterner Stimme.

„Wenn ihr zuerst meine toten Kollegen wieder zum Leben erweckt!"

Es war beinahe komisch, wie die Gesichter weiß anliefen und die Farbe dann in ein tiefes Rot wechselte. „Ihr habt doch wohl nicht angenommen, dass ihr so leicht davon kommt!" Klein dachte das nur und sagte dann: „Na los, schauen Sie nach ihm!"

Sofort kamen zwei angelaufen- die Sprecherin und ein großer, breitschultriger Bauer. Die anderen blieben in respektvollem Abstand stehen.

Klein wich zur Bühne aus, an die sie sich anlehnte. Die Müdigkeit war urplötzlich über sie hereingebrochen und sie hielt sich nur mit Mühe auf den Beinen. „Es ist ja auch kein Wunder, seit vier Uhr dreißig bin ich wach. Und jetzt ist es..."

Auf einmal wurde es laut. Schreie schnitten durch die schweigsame Menge wie ein Kiel durch ruhiges Wasser. Klein dachte gar, sie könne die Trennlinie sehen, die die Menge auf einmal in zwei Hälften aufzuteilen schien. Ihre Köpfe wandten sich synchron ab von Stoltz, in die entgegengesetzte Richtung. „Wie Marionetten!", dachte Klein und wusste nicht, ob sie amüsiert sein sollte.

„HEIA! WAS GEHT AB? WARUM STEHT IHR ALLE DA WIE DIE SCHAUFENSTERPUPPEN? HABT IHR SIE GEFANGEN? WO SIND SIE? SAGT..."

Die Stimme brach abrupt ab, nachdem die Menge einen breiten Gang gebildet hatte und der Sprecher wohl einen freien Blick auf den Bürgermeister erhaschte. Das ließ ihn gnädigerweise verstummen, wenn auch nur für wenige Sekunden.

„Was ist denn hier passiert? Warum liegt der Manfred da auf dem Boden?"

Der Sprecher fand keinen, der ihm die Frage beantwortete. Es war, als sei eine allumfassende Schüchternheit über die Landbevölkerung gekommen. Das gefiel dem Typen nicht und er rief gleich noch einmal.

Dieses Mal erhielt er eine Antwort. „Er liegt da, weil ich ihn abgestochen hab´. Bist du jetzt zufrieden, Landei?"

Der Bursche antwortete nicht. Stattdessen kam er auf Klein zu, im Gefolge zwei weitere Kerle. Zu dritt bauten sie sich vor ihr auf. Alle drei überragten sie um einen Kopf. Sie erkannte den Sprecher an der Sense wieder, die vor ihm im Staub des Bodens stand, ein Statement dessen, dass er nicht gewillt war, Buße zu tun.

„Was fällt dir ein, unseren Bürgermeister anzugreifen? Dir geht es wohl nicht gut, was?"

Klein bemühte sich erneut um ein ausdrucksloses Gesicht. Die Burschen schüchterten sie ein und nahmen ihr die Kontrolle über die versammelte Landbevölkerung. Die Angst, gerade eben noch verschwunden, war sofort wieder präsent. Sie zwang sie zu dem Eingeständnis, dass sie am liebsten nicht zurückgekehrt, sondern ganz weit weg geflohen wäre. Die Lektorin hatte längst gelernt, dass alles wie ein guter Pokerspieler zu überdecken.

„Du hast Nerven, Kleiner!" (Das Zucken im Gesicht des Sprechers amüsierte sie königlich. Sie hatte den Ausdruck bewusst gewählt, weil sie ihn seiner vorteilhaften Position berauben wollte, um selbst diese Stellung einzunehmen). „Du fragst mich, was mir einfällt, euren Bürgermeister anzugreifen und hast selbst ein paar meiner Kollegen auf dem Gewissen!"

Pause. Klein hatte die nächsten Worte fertig formuliert, die Unterbrechung diente nur dramaturgischen Zwecken- und dem Ermessen, inwieweit sie die Kontrolle zurückerlangt hatte. Das, was sie sah, gefiel ihr gut, und sie fuhr mit neuem Selbstbewusstsein fort.

Klein trat die Sense mit einem kräftigen Tritt ihres rechten Fußes um. Beinahe wäre der Sprecher, der sich daraufgelehnt hatte, aufs Gesicht gefallen- er hielt sich im letzten Augenblick aufrecht und glotzte sie danach blöde an. „Wenn du im Kuhstall bist, hält dich jeder für ein Stück Rindvieh!", ätzte sie ihn in Gedanken an.

„Dein Bürgermeister lebt. Meine Kollegen dagegen nicht mehr! Abgemurkst habt ihr sie, kaltblütig, wie die Nazischergen. Zugegeben- meine Kollegen und ich haben auch gemordet- mit Worten. Eure ach so wertvollen Karrieren als Schriftsteller. Ihr lebt weiter, mit einer kleinen Schmach. Meine Kollegen dagegen sind tot. Dank euch!" Pause. Dann: „Arschlöcher!"

Mit den Worten ging sie davon und fand Timm zu ihrer Erleichterung sofort. Wie schon einmal nahm sie die ältere Lektorin an der Hand und zog sie fort. Ihr Herz schlug im Stakkato und sie ließ die zurückgestaute Angst frei. Klein rannte so schnell in den Wald, dass Timm nur mit größter Mühe mithielt. Die beklagte sich nicht, obwohl sie das Verhalten der anderen irritierte. „Es war doch alles unter Kontrolle!", dachte sie. Die Flucht war also überflüssig, weil es in dieser Nacht nicht noch einmal zu Tötungsdelikten kommen würde.

Klein ahnte Timms Gedanken und war ihr sehr dankbar dafür, dass sie sich mitziehen ließ. Hinterher würde sie ihr die Beweggründe erklären, die sie zu der Aktion gebracht hatten. Dann, wenn Zeit für so etwas war- weil sie endlich der Gefahrenzone entkommen waren.

Klein glaubte nicht daran, dass alles vorbei sei. Sie hatte die Meute unter Kontrolle gehabt, oh ja! Nicht wegen ihrer Fähigkeiten, da bildete sie sich nichts ein. Sie waren von selbst normal geworden und hatten die in ihnen geweckten Bestien schlafen gelegt. In der Folge hatten sie sich mit ihren ruchlosen Taten auseinandersetzen und sich eingestehen müssen, dass sie zu niederen Lebewesen geworden waren.

Peter Albra Brenner   Alois und der Lektorenmord

Alles war gut- bis diese drei beschissenen Halbstarken aufgetaucht waren. Klein hatte den lodernden Hass in ihnen gleich entdeckt, sich mit Ach und Krach achtbar geschlagen und dadurch Zeit für sich und Timm erkauft. Wie viel davon, blieb abzuwarten. Der Hass, den die drei bewahrt hatten, war ansteckend. „Wie die Pest, die Cholera, die Schweinegrippe!", dachte Klein. Wie lange, bis sie die Schreie des Mobs hörten? Klein setzte alle Hoffnung darein, dass sie es sehr spät erst herausfinden würden. „Ich kann nicht mehr!", flüsterte sie und der Seitenblick zu Timm offenbarte, dass auch sie mit ihren Kräften am Ende war. „Gott steh´ uns bei, wenn sie bald aus ihrer Starre erwachen!"

*

Marco sah alles. Aus der sicheren Entfernung heraus. Näher heran traute er sich nicht. „Es ist ja alles unter Kontrolle", dachte er. Die Toten ließ er da erst einmal links liegen. Sein Fokus war auf Klein gerichtet, die immer noch stand und die Menge unter Kontrolle hielt. Dass er die einreitende Kavallerie war, gekommen, um zu retten, was noch zu retten war, hatte sich aus seinem Geist gespült, als sei es von einer Springflut fortgerissen worden. Er fand sogar eine Entschuldigung. Die besaß vier Räder, war ein Fahrrady`scher Käfig und würde sie schnell aus dem Wald bringen. Ganz nebenbei fiel ihm das Blaulicht ein, das er gesehen hatte. „Wo sind sie?", fragte er sich. Die Lichtung stand voller Bulldogs, kein Polizeiwagen, der ihre Reihe unterbrochen hätte. „Ich habe es mir doch nicht eingebildet, oder?"

Marco grübelte nur kurz, weil alles getan war in dieser Nacht. Das andere- die Aufarbeitung des Geschehens und die Bestrafung der Schuldigen- würde später erfolgen. Ohne nennenswerten Widerstand der Schlächter. Vielleicht würden sich ein paar absetzen und nicht alle die gerechte Strafe erhalten, aber das spielte im Moment keine Rolle. Es war vorbei, sie lebten und konnten die Monster anprangern. Die Schandtäter mussten sich dann mit ihren abscheulichen Taten auseinandersetzen, und das womöglich im Angesicht vieler hunderter TV- und Fotokameras. Marco schmeckte die Vorstellung ganz vorzüglich. Es machte die werten Kollegen nicht wieder lebendig, doch ihr Tod blieb wenigstens nicht ungesühnt. Er war ein paar Schritte Richtung Auto gegangen, als er plötzlich stehen blieb, als hätte ihn der Schlag getroffen. So in etwa fühlte er sich- schuldig, weil er Iris vergessen hatte. „Er ist hier, er *muss* hier sein! Verdammt, und ich hab` bloß doof herumgestanden!"

Er drehte auf dem Absatz um und lief im Stechschritt zurück in Richtung Lichtung. Er hatte ihn nicht lange gesehen, war sich aber sicher, ihn aus der Menge herausfischen zu können. Und dann gnade ihm Gott, denn er würde es nicht tun!

Als er bei diesem Gedanken angekommen war, wurde es auf einmal wieder laut auf dem Platz. Erst war es nur eine einzelne Stimme. Marco hatte nicht mitbekommen, das der Schreihals schon einmal laut geworden war.

Zurück auf seinem Beobachtungsplatz, sah Marco, dass Verena Klein nicht mehr da war. An ihrer Stelle stand ein junger Bursche, der eine Sense in der Hand hielt, als sei er der Knochen Karle persönlich. Sichtlich aufgebracht schrie er die Meute an und versuchte, sie aufzustacheln. Marco sah, wie der Typ, den Klein mit dem Messer verletzt hatte, und der laut ihren Worten wohl der Bürgermeister war, mit seinen Händen versuchte, auf den jungen Scheißer einzuwirken. Es gelang ihm nicht. Selbst die Frau und der Mann, die ihn umsorgt hatten, ließen von ihm ab und erhoben sich.

Ein Kloß, dick wie eine Melone, kroch in Marcos Hals, als er mit ansehen musste, wie sie alle ihre Waffen wieder zur Hand nahmen und nur wenig später mit einem Urschrei losstürmten.

Zurück blieben der Bürgermeister, den Marco leise stöhnen hörte und er selbst. „Sie wollen Klein lynchen!" Marco glaubte sich im falschen Schauspiel. „Es war doch alles unter Kontrolle! Was um alles in der Welt ist in den paar Minuten geschehen?"

Als er in Richtung Auto rannte, schwor er sich, nichts mehr für gegeben zu halten in dieser Nacht. Denn das brachte einen sowieso nur in Teufelsküche.

*

Sie erinnerte sich an den einzigen Horrorfilm, den sie je gesehen hatte. Atomic Werewolves. Ein wahrhaft übler Streifen - in zweierlei Hinsicht. Er gehörte zu der Sorte, die im Allgemeinen als „B-Movies" bezeichnet werden. Grauenvolle Story, miese Darsteller, Tricktechnik aus den Anfängen des Kinozeitalters.

Die anderen hatten ihren Spaß gehabt und herzhaft gelacht. Sie dagegen hatte Albträume bekommen, die sich hartnäckig über mehrere Wochen gehalten und sich in erstaunlicher Weise geglichen hatten. Sie war alleine im nächtlichen Wald unterwegs - wer war eigentlich so dusselig, fragte sie sich immer- und dann kamen sie angerannt. Ihre gelben Augen waren weithin sichtbar, die Reißzähne leuchteten weiß im Dunkel und ihre Geräusche ließen das Blut in den Adern gefrieren. Sie war ihnen immer davon gerannt und immer hatten sie sie bekommen. Der Moment, in dem sie ihre Zähne in Iris schlugen, war auch der, in dem sie erwacht war.

Das Erwachen hatte sich auch jedes Mal geglichen. Schweißnass hatte sie unter der Bettdecke gelegen. Sie hatte sie von sich geworfen, Licht gemacht und die Baldriantropfen gesucht. Die Sache war längst vergessen, vor allem, seit sie jede Nacht neben Marco einschlief und am nächsten Morgen neben ihm aufwachte.

Bis zu diesem Tage hatte sie angenommen, die Werwolfepisode liege für alle Zeiten begraben. Nun aber hörte sie das Wutgeheul ihres Verfolgers und es glich dem der Bestien in verblüffender Weise, so dass ihr die Haare zu Berge stiegen und sie um das blanke Leben bangte. „Es ist kein Traum", flüsterte sie, völlig verängstigt, „dies hier ist die Realität. Wenn er dich in seine dreckigen Flossen kriegt, ist es wirklich aus mit dir!"

Den dunklen Wald empfand sie deshalb als willkommenes Geschenk und nicht als Hort grässlicher Bestien; die existierten nicht und würden sie deshalb auch nicht attackieren. Hier gab es nur eine Bestie und die hatte im Moment festgestellt, dass die sicher geglaubte Beute ins Freie entkommen war. Am Morgen noch hatte sie den Wald verabscheut; jetzt liebte sie ihn. Denn er war der einzige, der den Peiniger aufhielt. In freiem Gelände, so war sie überzeugt, würde er sie rasend schnell eingefangen haben. Die Bäume verdeckten sie vor seinen Blicken und er war zu einer nahezu blinden Jagd verdammt. Da er kein Übermensch war, konnte sie ihm entkommen.

Iris tat alles, was in ihrer Macht stand, damit er ihrer nicht noch einmal habhaft wurde. So gab sie dem Drängen ihres Körpers nicht nach. Überall juckte es, aber weil sie wusste, dass jede Sekunde zählte, hielt sie nicht inne. Dass ihr der Vorsprung geschenkt worden war, wusste sie nur zu genau. Der Entführer hatte am Bunker die falsche Entscheidung getroffen, nur deshalb hatte sie fliehen können. Die Flucht war die einzige Form der Gegenwehr, die Iris wagte. An einen offenen Kampf war nicht zu denken.

Peter Albra Brenner   Alois und der Lektorenmord

Er war zwar kein Riese, eher mittelgroß. Doch die Wut, die in ihm kochte, war dermaßen spürbar, dass sie sie glatt in Scheiben hätte schneiden können.

Sie war auch wütend, keine Frage. Doch ihr Zorn war nichts gegen den seinen. Iris fragte sich schon, wie sie zu dieser Einschätzung kam. Sie verglich sich, als müsse sie sich das vor Augen halten, mit einem zornigen Kaninchen, das einem wütenden Bären Paroli bieten wollte. „Es ist gesünder, wenn ich ihm aus dem Weg gehe!" Mit der Einschätzung hatte sie sich in ihrem Versteck zusammengezogen, so eng es nur gegangen war. Hatte still gelegen, obwohl das Blut gepocht und ihr Körper nach Bewegung verlangt hatte.

Als sei er darüber eingeschnappt gewesen, hatte er gegen sie gearbeitet. Hatte einen Schluckauf nach oben gedrängt. Der hatte sich nur schwer unter Kontrolle halten lassen.

Wie viele Minuten, bis sie buchstäblich platzte? „Zwei, höchstens drei!" Diese ernüchternde Antwort hatte alles ungleich schlimmer gemacht. „Du musst fort. Nutze den Überraschungsmoment und verschaffe dir einen Vorsprung. Bleib immer in Bewegung und er wird dich nicht in die Hände bekommen."

Doch sie hatte eisern standgehalten. Weil sie sich keine Chancen gegeben hatte. Er würde sie fangen und dann war alles aus. Also hatte sie den Druck aushalten müssen.

Am Ende hatte sie Recht behalten. Der unheimliche Mann hatte sich vom Boden abgestoßen und war durch das Fenster ins Innere des Bunkers geglitten.

Da endlich war sie aus dem Versteck gekommen und hatte die Beine unter die Arme genommen.

Jetzt, Minuten später, jagte er sie. Sie hörte seine Schreie, die nichts Menschliches mehr hatten. Sie sagten alles.

Und doch nicht alles.

Alois war ein Freak. Er war mit einem Sinn ausgestattet, den es so nur im Tierreich gab. Der ließ ihn auch ohne Sichtkontakt und verräterische Geräusche wissen, wo seine Beute war. Wie ein Radargerät verfolgte er ihre Schritte- für Alois wars einerlei, ob Iris in freiem Gelände rannte oder im dichten Unterholz, der einzige Unterschied, dass die Bäume und andere waldinterne Hindernisse zu umgehen waren.

Er selbst hatte keinen Namen für diese Fähigkeit und auch keine Idee, woher sie kam. Manchmal hatte er daran gedacht, zum Fernsehen zu gehen. „Wetten dass...?" zum Beispiel. „Es müsste mit dem Teufel zugehen, wenn ich damit nicht Wettkönig würde!"

Den Gedanken hatte er genauso verworfen wie den, sich forschungsdienlichen Zwecken hinzugeben. Er wäre ein Goldstück gewesen und die Wissenschaftler hätten ihn zum Staunen gebracht mit ihren Erkenntnissen, denn der Alois hätte erfahren, dass er sich mit seinen Fähigkeiten im Kielwasser von Hammerhaien bewegte. Die erzeugen elektromagnetische Felder und spüren damit verdeckte Beute auf.

Das Wissen um den Hammerhaieffekt hätte ihn in ein großes Verzücken versetzt und ihn dazu veranlasst, sich voller Stolz als „Hammerhai auf zwei Beinen" zu bezeichnen.

Iris wusste nichts von diesem Hammerhaieffekt und auch nichts von ihrem großen Glück. Der Alois war aufgebracht gewesen angesichts des leeren Bunkers, und der unheimliche Sinn hatte sich nicht entfalten können.

Doch mit der Zeit war die Ruhe zurückgekehrt. Als der Adrenalinspiegel sank, schaltete sich der Sondersinn ein – Alois wurde zu „Mr. Hammerhead". Die Jagd war eröffnet und das Schicksal der Beute schon besiegelt- solange kein Wunder geschah.

Er rannte, um sie einzufangen und dann zu vernichten. Vergessen war der Ameisenhügel als Todesart für sein Opfer, er selbst würde sie in Stücke reißen, vernichten, pulverisieren... Es fielen im auf Anhieb dutzende Möglichkeiten ein, diesem Biest, das es gewagt hatte, seinem Hochsicherheitstrakt zu entkommen, den Garaus zu machen. Mit oder ohne Hilfsmittel.

Er hatte bereits gemordet an diesem denkwürdigen Tag, mehrfach sogar. Da war dieser Kerl am Morgen gewesen, den er mit der Mistgabel erledigt hatte. Außerdem waren drei Lektoren für ihn abgefallen, die ihr Leben auf äußerst unangenehme Weise ließen. Er schlug sich selbst auf die Schultern für die ausgefallenen Techniken, die er beim großen Schlachten entwickelt hatte. Seine Erinnerungen verschwammen schon, so dass Alois Wirkliches und Phantastisches durcheinander brachte.

Doch eines wusste er sehr genau: Im Vergleich zu dem Weibsstück waren die vier Getöteten gut weggekommen. Sie würde auf besonders perfide Art über den Jordan gehen; sie würde leiden, und lange, ganz lange vergeblich nach dem Tod verlangen; der würde sich ihr entziehen, bis sie vom Wahnsinn umspült bis in die allerkleinste Zelle bedauerte, dass sie ihm einfach abgehauen war; er, Alois, würde schon dafür sorgen!

Ein Lächeln trat auf sein Gesicht, das selbst den Schattenwesen der Wälder einen Schauer über den Rücken jagen konnte. Es war, als könne er ihr Blut riechen, ihren Angstschweiß vermischt mit ihrem Parfum... All das wirkte wie ein Aufputschmittel, besser und wirkungsvoller als Exstasy und sämtliche Energy Drinks je sein konnten.

Während sie rannte, dachte Iris an das Fahrzeug ihres Peinigers, das sie gleich gesichtet hatte- ein Traktor, war das denn zu fassen? Hatte sie nicht von Anfang an den größten Widerwillen gegen das Treffen auf dem Lande gehabt? Es lag doch auf der Hand, dass sie ihr Schicksal instinktiv geahnt hatte! Sie waren eben doch alle debil, diese Landeier, und wenn es dessen noch eines Beweises bedurfte - bitte schön, hier stand er in seiner ganzen grünlichen Pracht. Ein Traktor – Bulldog – Schlepper - wie auch immer! Pah!

Iris dachte voller Vorfreude an die nächste Begegnung mit Frau Timm. *Die* würde das jährliche Lektorentreffen garantiert nicht mehr aufs Land verlegen! Nicht, nachdem die Leiterin alles gehört hatte, was Iris für sie bereit hielt! Marco würde auch sein Fett wegkriegen! Mr. „Hach, ist doch alles wunderbar auf dem Land" musste sich eine gute Entschuldigung überlegen, sonst würde sie seinem Lümmel über endlose Wochen den Zutritt verweigern. „Ihr habt Euch über mich lustig gemacht, ihr landverliebten Eidechsenschnacksler, und jetzt seht, was mir das gebracht hat!"

Diese Gedanken gingen durch ihren Kopf, während sie sich so schnell es ging durch das Unterholz schlug. Es war der reinste Hindernislauf - tote Äste, Wurzeln, Baumstümpfe, gelegentlich achtlos entsorgter Müll - so dass sie nur sehr mühsam voran kam. Sie musste den Abstand zu dem Verrückten vergrößern, aber sie durfte auch nicht auffallen! Schnell und geräuschlos – wie sollte sie das anstellen? Ein gehetztes Tier war sie, nichts anderes!

Peter Albra Brenner   Alois und der Lektorenmord

Iris, die Großstadttussi, verhielt sich genau richtig. Einem normalen Jäger fiele die Jagd sehr schwer, doch der Alois...

Die Ratten und das andere Getier spürten die von ihm ausgehende, außerordentlich negative Energie so stark, dass sie sich mucksmäuschenstill in ihre Ecken, Nischen und Löcher zurückzogen. Es dauerte lange, bis sie sich daraus hervor trauten. Erst, als von Alois nichts mehr zu hören war, verließen die ersten ihre Verstecke.

Alois heulte voller Wut und Aggression, als hätte er sich in einen wahrhaftigen Werwolf verwandelt, und stürmte ohne Rücksicht durch das Gelände. Der von ihm verursachte Radau war selbst in einigen Kilometern Entfernung zu hören. Iris konnte gar nicht anders, als ihn zu bemerken.

Und deshalb rannte sie jetzt um ihr Leben, sie trug zusätzliche Wunden davon, nur bestrebt, dem Dämon in Menschengestalt zu entkommen, während sie sämtliche, längst vergessene und vergrabene Gebete aus Kindertagen hervorkramte, in dem dringenden Wunsch, dass der Himmel ihr beistehen möge. Sie wusste sich sonst keinen Rat mehr, denn gegen das, was hinter ihr durch das Gelände krachte, schien menschliche Hilfe nichts bewirken zu können.

*

„Das hat ja nicht sehr lange gedauert!", dachte Klein, als sie das „Kriegsgeschrei" der Dörfler hörten. Der Zeitpunkt schmeckte ihr ganz und gar nicht. Die Lichtung lag viel zu nahe und wenn sie die Intensität des Geschreis richtig deutete, kamen die Mörder mit vollgeladenen Batterien hinter ihnen her. „Ach hätt´ ich doch dem jungen Scheißer das Messer in den Leib gerammt!", stöhnte sie, „und nicht dem Bürgermeister."

Timm sagte nichts und ließ sich einfach von ihrer jüngeren Kollegin mitreißen. Sie war müde und angeschlagen, weit über ihr Limit hinaus. Außerdem war sie wütend auf Klein, weil die nicht kehrt gemacht und nach einem Versteck gesucht, sondern den Bürgermeister attackiert hatte. „Wir könnten längst in einem sicheren Versteck sein!", dachte sie. „Dann müssten wir uns jetzt nicht so abplagen!"

Die Wut wuchs stetig an und lockte mit sich die Unvernunft. Gemeinsam beackerten sie die ältere Lektorin in der Gewissheit, dass sie Erfolg haben würden.

*

Peter Albra Brenner   Alois und der Lektorenmord

Sina Mertens saß mit geschlossenen Augen hinter dem Lenkrad und ließ sich vom leichten Nachtwind in einen seichten Schlaf treiben. Diese Nacht hatte es in sich gehabt, und sie war noch nicht zu Ende! Sie wartete nur auf eine weitere Durchsage und die nächste Phantomunfallstelle- es wäre dann die siebte!

Ihre Kollegin stand draußen und blies den Rauch einer Zigarette in den nächtlichen Himmel hinein. Fiona Blauwasser war eine Gelegenheitsraucherin, die nur dann zum Glimmstängel griff, wenn der Stress schon zu den Ohren herausgekrochen kam.

Diese Nacht, so waren sich beide Polizistinnen einig, war die Schlimmste in ihrer Karriere bei der Staatsgewalt. Normalerweise schob man eine ruhige Kugel auf dem Land: hin und wieder ein Unfall, meistens mit glimpflichem, manchmal aber auch mit tragischem Ausgang, fast keine Delikte - bis auf ein paar kleinere Diebstähle und ganz wenige Einbrüche geschah so gut wie nichts.

„Ich möchte nicht in einer Großstadt Dienst tun!", hatte Sina oft erklärt, ihre Kollegin und Freundin Fiona hatte ihr beigepflichtet und ein „Lieber schiebe ich einen langweiligen Dienst, als andauernd mit Gesindel Umgang haben zu müssen!" hinterhergeschoben.

Alles war gut, die ländliche Idylle hielt das, was sie sich davon versprachen. Bei Dienstantritt hatte auch nichts darauf hingewiesen, dass diese Nacht völlig anders sein würde. Angefangen hatte es mit der verschwundenen Lektorin, von der noch jede Spur fehlte.

„Kunststück", dachte Fiona Blauwasser, „wir haben sie ja gar nicht richtig suchen können!"

Man hatte sie hin und her gehetzt. Unfall beim alten Friedhof! Fehlanzeige- die Straße dort lag verlassen. Verunglückter Motorradfahrer beim „Schweren Felsen". Der lag ziemlich weit von der ersten „Unfallstelle" entfernt. Doch auch da war nix. Sie hatten sich einen Wolf gesucht und waren mit leeren Händen zurückgekommen.

„Irgendjemand verarscht uns ganz gewaltig!", hatte Sina Mertens gesagt und sich dann den nächsten Einsatzbefehl anhören müssen. Da waren sie schon auf der Hut gewesen, weil es schon ein „Gschmäckle" hatte. Aber sie hatten dem Ruf Folge leisten müssen, ob sie nun einen neuerlichen Streich vermuteten oder nicht.

Vier weitere Male hatte man sie verarscht, jetzt standen sie inmitten des Waldes und warteten auf den siebten Streich. „Sieben auf einen Streich!"; Blauwasser konnte nicht umhin, an das „Tapfere Schneiderlein" zu denken. „Wer auch immer die Anrufe macht, hat es genauso faustdick hinter den Ohren wie der werte Herr Schneider."

Sie wollte die Allegorie eigentlich der Kollegin mitteilen, aber da riss die Stille plötzlich entzwei. Jemand schrie, als sei er der Anführer einer kreischenden Dämonenherde. Mertens schrak ein wenig zu schnell hoch und stieß sich die Stirn an der Windschutzscheibe. Blauwasser starrte unbewegt in die Richtung, aus das Schreien kam.

„Was ist das jetzt wieder für ein Scheiß?" Mertens rieb sich den Kopf, während sie sich zu Blauwasser dazu gesellte.

„Theater", ging es der angesprochenen Fiona durch den Kopf. „Ein weiterer Akt in dieser verrückten Nacht." Der Gedanke war ganz automatisch gekommen, weil es so unwirklich war in dieser Idylle, in der nichts Schlimmes geschah.

„Saufköpfe, die sich die Birne volllaufen ließen", erklärte sie laut und beruhigte Mertens, deren Herz, hervorgerufen durch die Anspannung, schnell schlug. Im Inneren schalt Sina sich dafür. „Das ist so was von unprofessionell!" Aber es wurde nicht langsamer und die Anspannung wich nicht.

Es wurde nicht besser, als sie die Hand der Kollegin auf dem Halfter der Pistole sah.

*

Es war, als krache ein Bulldozer hinter ihr durch den Wald, eines jener riesigen Fahrzeuge, die alles plätteten, was ihnen im Wege stand. Iris Gerald hätte es liebend gerne gesehen, von einem dieser Ungetüme verfolgt zu werden, anstatt von... *ihm.*

Ein paar Mal war er ihr jetzt schon sehr nahe gekommen, *zu* nah, und mit ihm seine Geräusche. Sie waren einfach nur widerlich, entsetzlich, und sie trieben ihr die blanke Furcht in die Knochen, die schier zu Eis erstarrten, so sehr schockte es, was dieser Kerl ihr hinterher rief. „Eine Bestie! Ich werde von einer Bestie gejagt!", dachte sie, voller Verzweiflung. „Und der Wald nimmt einfach kein Ende!"

Doch er hatte sie trotz allem Wüten nicht fassen können; daraus schöpfte sie neuen Mut, und die Hoffnung blieb ihr treu.

Peter Albra Brenner   Alois und der Lektorenmord

Dass die Kräfte aus dem Adrenalinschub nicht unerschöpflich waren, war Iris selbstredend bewusst. Sie setzte alle Hoffnung darein, auf ein Dorf oder aber zumindest ein bewohntes Haus zu treffen. Daran hielt sie mit aller Macht fest, obwohl sie wusste, wie rar die Ortschaften hier gesät waren. Sie brauchte dieses eine Ziel, damit die Verzweiflung nicht die Oberhand gewann. Die würde sie unzweifelhaft in die Knie zwingen und ihr Ende einläuten. Sie hielt sich so oder so nur noch dank ihres starken Willens auf den Beinen. Dennoch, sie war noch immer frei und unversehrt, und das sollte verdammt noch mal auch so bleiben!

Das schürte die Wut des alten Alois und entfachte sie mit jeder verstreichenden Minute, die Iris vor ihm herlief, mehr. Ihr Geruch lag in seiner Nase, so deutlich, so klar... diese Furcht, diese Reife...ja, sie war reif zur Schlachtung, sie gehörte ihm, nach allem Recht, sie war sein, sein und besaß ihrerseits kein Recht, ihrem Schicksal zu entkommen, sie war sein, sein, sein...

„Du Hure, dämonisches Weib, Prostituierte der Hölle, du Tochter Beelzebubs, du unheilige Schlampe, du gehörst mir, MIR!!!" Seine Worte rangen durch den stillen Wald und trugen mit sich seine ganze geballte Wut. Sie gaben dem, was Iris fühlte, den Ton, sozusagen den Soundtrack und sie wirkten wie die Peitsche eines Kutschers, der das Letzte aus seinen Pferden herausholte.

„Ich werde dich ins Feuer hinabschicken, in die Glut, zu deinem Meister, der dich gesandt hat, du schartige alte Wanze, du Hexe, du hässliches Dämonenweib, oh, du wirst dir wünschen, niemals gekommen zu sein, ich werde dich zerfleischen, oh ja, fürchte mich, du weihwasserscheuendes Hexenweib!"

Alois steigerte sich immer mehr in seine Wut hinein und verlor dabei zwangsläufig die Kontrolle über sich, bis er irgendwann nichts weiter war als eine ungesteuerte Mordmaschine, oder eine eben doch gesteuerte Maschine, wie auch immer man es sah. Ein Fall wie aus dem Bilderbuch für einen Exorzisten oder besser gleich eine ganze Reihe von Teufelsaustreibern, denn was auch immer hinter Iris herjagte, hatte rein gar nichts mehr mit dem alten Alois zu tun.

Seine Worte hörten sich in einiger Entfernung wie das dumpfe Grollen eines Raubtiers an. Genau aus diesem Grund schlossen die beiden Polizistinnen, es treibe sich ein wildes Tier im Wald herum, denn nichts anderes konnte für die schrecklichen Geräusche verantwortlich sein. Als sie sich anblickten, verstanden sie wortlos, dass sie sich nicht für diesen Fall gerüstet sahen. „Ich hab´ noch nie die Pistole zücken müssen, und jetzt muss ich sie ausgerechnet auf einen Wolf richten- mein Lieblingstier!", wetterte Blauwasser und zog nervös an der Zigarette, die schon längst bis zum Filter abgebrannt war.

*

Schatten überall - die Welt war erfüllt davon. Sie teilten sich auf in gut und schlecht. Welcher Schatten in welche Kategorie fiel, ließ sich einfach beantworten. Alles, was unbeweglich stand, war gut. Das, was sich bewegte, war schlecht.

Die Schatten des Waldes verdeckten die Flüchtlinge, und deshalb rannten die Dörfler wie unheilbringende Schatten an ihnen vorbei. Das Licht der Taschenlampen erreichte Verena und Ute nicht, auch deshalb, weil ihre Verfolger deren Mut, geboren aus der Verzweiflung, nicht auf der Rechnung hatten und den Boden nur halbherzig untersuchten. In ihren Köpfen mussten die beiden Flüchtigen wie die aufgescheuchten Hühner vor ihnen her rennen. Es handelte sich doch nur um zwei doofe Zicken, die bei jeder Kleinigkeit hysterisch wurden. Die weiblichen Häscher dachten in vorurteilsfreieren Bahnen, den Mut der Lektorinnen zum Risiko hatten sie aber auch nicht auf dem Radar.

Alles lief zum Vorteil der beiden, und doch gab es Krach. Timm war wegen der „dummen Mutprobe", wie sie die Messerattacke auf den Bürgermeister inzwischen nannte, verstimmt. Klein spürte den unausgesprochenen Vorwurf und empfand ihn als äußerst ungerecht. War es nicht ihrer Führung zu verdanken, dass sie beide noch lebten?

Sie war es, die den Reigen eröffnete. „Was soll das? Sie schauen mich an, als hätte ich sie den Fischen zum Fraß vorgeworfen. Hab´ ich uns etwa nicht gut geführt? Mann, es war alles unter Kontrolle!"

„Kontrolle!" Timm stieß das Wort schnaubend hervor und ließ damit keinen Zweifel, dass sie völlig anderer Meinung war. Der Streit nahm schneller Konturen an, als sie denken konnten. Die Gefühle brachen sich Bahn wie Wasser, das hinter einer Staumauer eingekerkert gewesen war. Einmal frei, ließen sie sich kaum noch kontrollieren, rissen die vernunftbegabten Lektorinnen mit, schalteten alles logische Denken aus und drückten die äußeren Umstände so tief ins Nirvana hinein, dass die Damen lauthals zu streiten begannen.

Marco saß, nur einige hundert Meter entfernt, hinter dem Lenkrad des Vehikels, das ihm die alte Frau unfreiwillig vermacht hatte, und haderte mit allem. „Das Auto nutzt mir nix", dachte er, „ich brauche einen Anhaltspunkt, wie soll ich Klein denn sonst finden? Da kann ich ja gleich die Nadel im Heuhaufen suchen!"

Der Mob war ein Wegweiser, aber es war alles konfus. Die Schreie der Totschläger hallten allerorten durch die Luft, es war ein Durcheinander wie auf einem Volksfest.

„Du musst dich auf dein Glück und deinen Verstand verlassen." Marco lachte laut auf, ein kurzes, bellendes Geräusch. „Glück! Dass ich nicht lache! Es hat sich davon gemacht und wird sich auch nicht mehr blicken lassen in dieser Nacht!"

Er startete das Auto mit einer Art Kriegsgeschrei. „Alles ist im Arsch. So fahre ich denn hin gen Hades. Heil denen, die dem Unglück verhaftet sind!" Als wolle er ihm beipflichten, ließ sich der Rückwärtsgang nur mit gutem Zureden und viel Hantieren einlegen. „Wenn das mal kein gutes Omen ist!", dachte er und fuhr los.

„Sie hätten den Bürgermeister in Ruhe lassen sollen! Sehen Sie nur, wohin Sie uns gebracht haben!"

„Ich habe uns in Sicherheit gebracht! Sie dagegen haben weder den nötigen Instinkt noch irgendeinen Plan gehabt!"

„Sicherheit! Wir müssten nicht um unser Leben fürchten, hätten sie nicht auf ihrer dummen Rache bestanden! Warum nur mussten Sie sich beweisen? Wem nutzte das was? Mir jedenfalls nicht!"

„Das war für unsere Kollegen! Ja, da schau sich einer die feine Dame an! Sie freut sich, weil es sie nicht erwischt hat und vergisst die Menschen, die nun kalt und erstarrt auf der Lichtung liegen! Eine feine Kollegin sind Sie, das muss ich schon mal sagen!"

Timm hatte sich nie in ihrem Leben geprügelt. Klein auch nicht. Doch mit beiden gingen zur selben Zeit die Gäule durch. Auf einmal lagen sie auf dem Waldboden und rangen miteinander.

Peter Albra Brenner   Alois und der Lektorenmord

Der Lärm des Streitens und Kämpfens tönte in alle Richtungen. Er reichte auf der einen Seite bis zu den hintersten Reihen der Schergen, die aber einige Augenblicke brauchten, um die vorderen Reihen anzuhalten. Auf der anderen Seite übertönte es das Schnurren des Wagens. Marco zögerte nicht und lenkte den Wagen auf die Quelle des Lärms zu, allerdings ohne recht daran zu glauben, dass das Glück noch mal zurückgekehrt war. Er fuhr so dicht am Bürgermeister vorbei, der inzwischen an der Bühne lehnte, dass er nach ihm hätte greifen können. Der Schultheiß schaute dem Fahrzeug nach, als begreife er dessen Funktionalität nicht. Als die Streithähne im Licht der Scheinwerfer auftauchten, hörte er die Meute von der anderen Seite heranstürmen. „So sieht's aus, das Glück. Du findest unverhofft die Person, die du suchst - und dann wird es eine ganz enge Kiste!" Der Gedanke schmeckte schal in seinem Mund und er sah zu, dass er aus dem Auto kam, um die Kämpfenden auseinander zu treiben.

*

Iris verstand zunächst nicht, was sie vor sich sah. Das Licht, das aus dem Inneren des Wagens nach außen drang, zeigte nur einen winzigen Ausschnitt. Blau, weiß, die Buchstaben i, e; ein z ließ sich nur erahnen.
„iez?" Iris war durcheinander, sie war das Mäuschen, das der Katze entkommen war, das jedoch nur temporär. Das Biest in ihrem Nacken war fuchsteufelswild und machte keinen Hehl aus seinen Absichten. Das Denken fiel ihr logischerweise schwer.
Doch sie rannte weiter und stieß dann auf die Lösung des Rätsels. „Du bist im Himmel gelandet!", flüsterte sie, als sie der Polizistin in die Arme fiel, die nur deshalb nicht zu Boden stürzte, weil sie an den Einsatzwagen gelehnt stand.
Blauwasser blieb keine Zeit. Plötzlich war da diese Frau und fiel ihr wie ein Stein in die Arme. „Was zum...?"
Mertens nebenan stand wie erstarrt. Der einzige Gedanke, der sich Bahn brach, war der, dass sie auf der Polizeischule versucht hatten, all´ die Verrücktheiten der Welt aufzubieten, um die angehenden Ordnungshüter gut auf den Dienst vorzubereiten. Sie hatten viele abnorme Szenarien durchgenommen- doch auf einen Irrsinn wie diesen hatte man sie nicht vorbereitet. „Wir sind hier auf dem platten Land!", dachte sie. „Ich..."

Peter Albra Brenner   Alois und der Lektorenmord

Etwas krachte in nächster Nähe durch das Unterholz. Dann war es plötzlich still. Blauwasser fühlte, wie die Frau in ihren Armen steif wurde. Gleich darauf stieß die sich von ihr ab und flüsterte in einem eindringlichen Ton, das Gesicht aschfahl. Es war von vielen roten Linien durchzogen, manche von ihnen so tief, dass Blut daraus hervorgetreten war, dessen Bahnen inzwischen getrocknet waren. Ein unangenehmer Geruch stieg von ihr auf, als habe sie in einer Jauchegrube gebadet. Blauwasser und Mertens wurde übel. Sie ekelten sich vor der Frau, mussten das aber hinter einer Maske verbergen. „Es ist eine Ausnahme, nichts weiter als eine Ausnahme, so einen Scheiß werden wir nicht noch einmal erleben!" Mertens verbarg ihre Gefühle nur deshalb erfolgreich, weil sie diese Sätze in einer Endlosschleife dachte und sich hinter ihnen wie hinter einem Schutzwall verbarg.

„Bitte bringen Sie mich hier weg. Sie müssen mich wegbringen, bitte! Er...er..."

„Der Wolf?", hakte Blauwasser nach.

Die Fremde sah aus, als habe man sie dazu aufgefordert, alle Rätsel des Universums aufzuklären. „Wolf? Nein, ich..."

Ein Rascheln von Blättern, Äste, die unter dem Gewicht eines Körpers brachen, zeigten an, dass irgendetwas in dem Gebüsch steckte, das in wenigen Schritten Entfernung wuchs.

„Bring´ sie ins Auto", raunte Blauwasser der Kollegin zu. Mertens öffnete die Tür hinter dem Beifahrersitz und führte die Frau ins Innere des Wagens. Aus den Augenwinkeln heraus sah sie, wie Blauwasser die Pistole zog. „Setz´ dich hinters Lenkrad und halte dich bereit!" Mertens folgte auch dieser Aufforderung gerne. Am liebsten hätte sie die andere auch im Auto gesehen und gleich Gas gegeben.

Die „Stinkerin" war der gleichen Meinung. „Warum setzt sie sich nicht ins Auto? Bitte, sagen Sie ihr, dass sie einsteigen soll, wir müssen hier weg!"

Mertens sah sie im Rückspiegel an und sagte: „Sie wird nicht auf mich hören. Es liegt ihr nicht im Blut, einfach das Weite zu suchen. Außerdem sind wir doch die Polizei, da, um sie zu schützen und die Bösen dieser Welt einzusperren."

Mertens brachte ein strahlendes Lächeln hervor, berauscht von ihrer eigenen Erklärung. Die Polizei gehörte zu den Guten, und die gewannen am

Ende immer. Also konnten sie beruhigt den Ball flach halten, alles war in Ordnung.

Die Frau war anderer Meinung, was sie sagte, brachte Mertens gnadenlos zurück in die Wirklichkeit. „Dann sollten wir für sie beten." Die Polizistin sah, wie sie sich zurücklehnte, die Augen schloss und die himmlischen Mächte leise murmelnd anrief. Plötzlich begann sie zu frieren und ließ den Motor an. Der rechte Fuß lag oberhalb des Gaspedals bereit. „Ich will heim in mein Bett!", dachte sie und trieb die Kollegin in Gedanken an.

Blauwasser war es überhaupt nicht wohl in ihrer Haut. „Es wäre für alle das Beste, wenn du ins Auto steigst und von hier verduftest."

Aber sie stieg nicht ein. Stattdessen starrte sie auf das Gebüsch, in dem irgend etwas hockte. Sie sah es nicht richtig, glaubte aber Augen erkennen zu können, die sie anstarrten. Ihre Gedanken wanderten hin zu einem Film, der nun auch schon dreißig Jahre auf dem Buckel hatte.

„Was ist das?" „Ein Kojote, würde ich sagen." „Es gibt doch keine Kojoten in England!" John Landis. American Werewolf. Blauwasser wusste nicht, ob sie die Dialoge recht wiedergab. Aber sie wusste, dass sie einen Heiden-respekt vor dem Ding hatte, was auch immer es war. Oder war es ein Mensch? Sie fühlte sich, als sei sie im Niemandsland. Physisch, weil der Weg zum Wagen und die Strecke zum Gebüsch gleich lang waren. Auf gedanklicher Ebene fühlte sie sich verloren. Auf einmal war sie weg, die Resolutheit. Am Wagen hatte sie noch gedacht, die Sache schnell klären zu können. Ein paar mahnende und doch freundliche Worte (auch Wölfe rea-gierten auf die menschliche Stimme), ansonsten ein Schuss in den Nacht-himmel, um dem anderen aufzuzeigen, dass die Polizei nicht zu Scherzen aufgelegt war - zumindest nicht in dieser Angelegenheit.

Blauwasser und Mertens konnten streng sein und die Macht der Ordnungs-hüter demonstrieren. Viel lieber jedoch redeten sie freundlich mit den Men-schen und versuchten angespannte Situationen mit Späßen aufzulockern.

Die Pistole wog schwer in ihrer rechten Hand. *Die beiden amerikanischen Touristen rennen fort von dem Tier, das ihnen gehörig Angst einjagt. Einer bleibt hängen, der andere will ihm aufhelfen, aber da greift der Werwolf an.* „Werwölfe gibt es nicht!" Das wusste sie natürlich, aber es gab Alternativen, die nicht viel besser waren. Ein Psychopath auf Kriegsfuß. Ein Irrer, der sich für einen Werwolf hält. Ein verängstigter Wolf. Bei allen dreien konnte ein falsches Verhalten zu schlimmen Konsequenzen führen.

„Ich gehe!", dachte sie da auf einmal und trat einen Schritt zurück. Der ganze Körper, so schien es, atmete auf. „Diese Nacht hat niemals stattgefunden!", schwor sie sich. „Ich streich´ sie komplett aus meinem Gedächtnis. Die Berichte können sich die Vorgesetzten an den Hut schmieren!"

Im Auto atmeten Mertens und die Frau, die aus dem Dunkeln gekommen war, auf. Die Hand der Polizistin lag auf der Gangschaltung, der rechte Fuß drückte einmal unversehens auf das Gaspedal.

Die Sekunden flossen wie die Noten eines wunderbaren Musikstücks dahin, alles ging seinen Gang.

„In modernen Filmen", reflektierte Iris, „gibt es fast keine Happy Ends mehr. Irgend etwas muss am Schluss immer noch schief gehen. Der Zuschauer sitzt im Kino, hat bereits aufgeatmet, da kommt doch noch einer der Helden zu Schaden."

Sie war nicht sonderlich überrascht, als er plötzlich im Licht der Scheinwerfer aus dem Gebüsch kam und sich wie eine Bulldogge auf die Polizistin warf, die die Pistole nicht mehr rechtzeitig hochgezogen bekam.

*

Es war eine bizarre Situation. Gerade hatten sie sich noch wie die Hyänen bekämpft und Marco sogar gebissen. Er sah Haare in den Händen beider Damen und tiefe Kratzer, die nur gepflegte und gefeilte Fingernägel zustande brachten, auf den Gesichtern. „Weiber!", dachte er. „Sie fallen nicht so schnell wie die Männer übereinander her, aber wehe, sie gehen sich an die Gurgel! Dann sind sie schlimmer als Bluthunde!"

Jetzt standen sie vor ihm wie die kleinen Sünderlein, die Gesichter heftig gerötet. Es zeigte die Verlegenheit, aber auch die nur mühsam unterdrückte Wut. „Wir gehen. Jetzt!" Sie folgten seinen Worten, als seien sie Roboter, dazu gebaut, den Befehlen des Hausherren Folge zu leisten.

Marco ließ die Panik, die er fühlte, nicht an die Oberfläche kommen. Er sah das Licht der Taschenlampen nur allzu gut! Sie waren schon sehr nahe, zu nahe! Es lief auf ein enges Rennen hinaus, weil er das Auto erst dann richtig beschleunigen konnte, wenn sie den Asphalt einer Straße erreicht hatten.

„Wenn sie uns wenigstens ein paar Meter Vorsprung gönnen würden", dachte er. „Nur ein paar lausige Meter."

Aber das war ein frommer Wunsch. Lautes Geschrei ertönte, gerade als hinter das Lenkrad rutschte. „DA SIND SIE! SCHNELL, SIE VERSUCHEN ABZUHAUEN!"

Das Getrampel unzähliger Füße erinnerte ihn an eine Stampede. „Da ihr alle Rindviecher seid, ist das wohl der passende Ausdruck!", ätzte er in die Richtung der anrückenden Mördergesellschaft.

Der Wagen ruckelte langsam los und daran änderte auch das Geschrei der Damen nichts, denen ihre Situation jetzt wieder voll bewusst wurde. „Ich riskier´ keinen Achsbruch, nur weil ihr jetzt hysterisch werdet! Außerdem seid ihr an dem hier selbst schuld. Wie kann man aber auch so dämlich sein und sich unweit seiner Feinde prügeln?" Marco sagte nichts, später würden sie sich die Sätze aber gefallen lassen müssen. Er verriegelte die Türen - wenigstens den Komfort bot das altbackene Vehikel- und drückte etwas mehr aufs Gas. In letzter Sekunde!

Schon begann das Trommeln und Hämmern. Von allen Seiten schlugen sie auf das Auto ein. Marco fuhr etwas schneller, um zu verhindern, dass sie den Weg versperrten. Dem Mob gefiel das nicht. Die Geräusche nahmen zu. Mindestens einer war auf dem Dach. Marco sah, wie das Blech unter der Last einsank. Die Menschenmenge johlte. „Als seien sie auf dem Jahrmarkt!", dachte Marco und drückte das Gaspedal plötzlich durch. Das Auto machte einen Satz; ein Körper glitt über die Heckscheibe und schlug krachend auf dem Boden auf.

Der Mob reagierte verärgert. Schmährufe und wüste Drohungen flogen durch die Luft. Sie blieben ohne Wirkung auf Marco, er fuhr nicht schneller als ein Fahrrad, in dem verschlossenen Fahrzeug fühlte er sich sicher. Die Damen dagegen einte die Angst; sie rückten zusammen, als hätte es den Kampf vorher nicht gegeben.

„Nicht mehr lange, dann sind wir hier raus", verkündete Marco den völlig verängstigten Damen, als plötzlich die Heckscheibe explodierte und sie mit Glas bombardierte. Die Scherben flogen überall hin. Sie trafen Marcos rechte Hand, die auf dem Schalthebel lag, und erzeugten ein Gefühl, als habe er binnen Augenblicken einen Sonnenbrand erlitten. Die Schnittwunden waren nicht tief, zeigten aber Wirkung. Das Auto kam ruckartig zum

Stehen, weil Marco zusammenschrak und für Momente davon überzeugt war, die Schnittwunden hätten ihn ernsthaft verletzt.

Für Sekunden versank alles im Chaos, und er hörte das, was um ihn herum geschah, als sei er in Watte gepackt. Die Schreckensschreie der Damen auf dem Rücksitz vermischten sich wunderbar mit dem Triumphgeschrei der Menge, deren Getrampel er mehr spürte denn hörte. Seine Gedanken wanderten. Eine innere Stimme warf ihm sowohl Feigheit als auch dummdreisten Leichtsinn vor. Der Pessimismus argumentierte, es sei vorbei, das Auto im Arsch genauso wie seine Insassen. Der letzte, kämpferische Gedanke flüsterte endlich, sie seien als freie Menschen geboren und müssten sich nicht einfach in ihr Schicksal ergeben. „Es ist spät", dachte er. „Die Leute sollten leise sein. Das Wild möchte schlafen. Ist es Herbst? Oder Frühling? Die kleinen Tierkinder müssen schlafen, damit sie morgen dem Jäger oder Fuchs oder Auto davon rennen können."

Der Pessimismus triumphierte. Marco ließ den Kopf gegen das Lenkrad sinken und deutete das blechern klingende Trommeln als das Prasseln eines schweren Regens.

*

Mertens saß wie erstarrt hinter dem Lenkrad. Sie sah alles klar und unmissverständlich. Die Nervenbahnen transportierten die Bilder treu und fehlerlos zum Gehirn, das sie verarbeitete. Es erteilte die dem Geschehen entsprechenden Befehle. Doch Sina Mertens reagierte nicht.

Mertens fühlte sich wie gelähmt und verzweifelte an sich selbst. „Du hast dir immer ausgemalt, wie du deinen Kollegen in Nöten beistehst und sie wie eine Heldin aus der Patsche ziehst. Und jetzt, schau´ dich an!"

„Ich kann nicht, ich... was... wann hört es endlich auf?"

Draußen erfuhr Blauwasser, was menschliche Zähne alles anrichten können. Sie kämpfte wie eine Löwin gegen das Monster, das sie unablässig attackierte und Wunden in sie gerissen hatte, die höllisch schmerzten und wahrscheinlich auch bluteten. Die Pistole war ihr abhanden gekommen und sie fand sie nicht wieder. „Wo ist sie nur?", dachte sie.

„Tun Sie doch was, um Himmels willen, helfen Sie doch Ihrer Kollegin!", schrie Iris im Wagen, stieß aber auf taube Ohren. „Er wird sie töten, verdammt noch mal! Er wird sie..." Sie schauderte bei dem Gedanken, wusste

sie doch, dass er sie selbst jetzt so zurichten würde, hätte sie das Polizei-
auto nicht erreicht.

Fiona Blauwasser wehrte sich mit Händen und Füßen und verstand dabei
nicht, weshalb ihr die erlernten Kampfsporttechniken so wenig brachten.
Ständig gingen die Hände und Füße ins Leere, als ahnte ihr Gegner mit
schöner Regelmäßigkeit, wohin ihr nächster Schlag gehen würde und
attackierte sie an einer anderen Stelle, die sie nicht schützte. Wenn sie es
dann tat, schlug er an einem anderen Ort zu. „Du bist der Teufel!", schrie
sie ihn in Gedanken an. „Wenn ich doch nur endlich diese verflixte Pistole
finden würde!"

Obwohl sich der Alois wie ein tollwütiger Wolf benahm, dachte sie, er könne
mit einem Warnschuss zur Räson gebracht werden. Aber da lag sie falsch!
Sie ahnte nicht, dass es nur *einen* Weg gab, hatte sie die Pistole wieder
zurück.

Alois Wagner war nicht mehr er selbst, und er wusste auch nicht mehr, was
er tat. Die Wut verzehrte ihn, vernichtete menschliche Tugenden wie das
Mitgefühl, löschte Grundrechte wie das Recht anderer auf körperliche
Unversehrtheit aus seinem Bewusstsein. Er war zurückgefallen auf eine
primitive Stufe. Das fünfte Gebot war ihm fremd geworden und er hielt sich
an das Versprechen, das er der hübschen Lektorin gegeben hatte- dass er
sie bis ins kleinste Detail vernichten würde. Es spielte keine Rolle, dass es
nicht sie war, die er vernichtete, sondern eine andere.

Alois würde nur dann auszuschalten sein, wenn ihn eine Kugel traf. Sie
musste gut platziert sein- wie bei einem tollwütigen Tier- nichts anderes war
der alte Bauer im Moment.

*

Marco erwachte, als das Kreischen auf dem Rücksitz eine neue Note an-
nahm. „Wir sind umzingelt!", dachte er verwundert und fragte sich, woher
der Gedanke kam. Er schien völlig aus der Luft gegriffen. „Wir sind nicht in
der Prärie, hier gibt es auch keine Indianer und eine Wagenburg habe ich in
meinem Leben noch nie gebaut." Marco lächelte über seinen eigenen
Scherz und versuchte dann, sich daran zu erinnern, was er eigentlich hier
machte. Der furchtbare Lärm, der sich überall ausbreitete, machte ihm
dabei das Leben schwer. „Wie soll man sich konzentrieren, wenn sich die
ganze Welt bemerkbar macht?"

Peter Albra Brenner   Alois und der Lektorenmord

Mit dem Gedanken drehte er sich nach hinten um, die Bitte auf den Lippen, ihn doch in Ruhe nachdenken zu lassen.

Das war der Moment, als alles zurück kam. Er nahm das, was er sah, wie ein einzelnes Bild auf, das Geschehen fror für einen Augenblick ein. Die Heckscheibe, die zerbrochen im Rahmen hing. Schwarze Arme, die durch das Loch ins Innere langten. Hände, die die Frauen auf dem Rücksitz zu packen suchten. Blut.

Und als er sich zurückdrehte, sah er, dass die eigenen Worte nicht trogen. Sie waren umzingelt. Überall standen sie und schauten, dass keiner mehr abhauen konnte. Sogar aufs Dach kletterten welche, als fürchteten sie, die Insassen könnten es abheben und davon fliegen.

Marco startete den Wagen. Sofort schlugen sie von allen Seiten auf das Auto ein. Schmerzensschreie trugen zur allgemeinen Kakophonie bei. Sie schienen aber nicht vom Rücksitz zu kommen, sondern von den Angreifern, die wegen des laufenden Motors ungestümer zu Werke gingen. „Ich hoffe, die Glasscherben trennen euch die Scheißarme ab!"

Marco trat aufs Gas, das Auto bewegte sich auch, allerdings machte sich die Menschenansammlung, die sich vor der Motorhaube angehäuft hatte, bemerkbar. Das Auto würde sich womöglich trotzdem seinen Weg bahnen können – aber zu langsam. Die Scheiben hielten nicht mehr lange stand. Das Dach brach allem Anschein nach bald ein.

„Also gut, ihr wollt es nicht anders haben!" Marco griff nach der Pistole, die ihm die Alte überlassen hatte. Sein Gesicht zeigte nichts als Entschlossenheit. „Mal sehen, was passiert, wenn ich ein paar von euch erschieße!"

Das metallene Klicken, als er die Pistole entsicherte, hörte sich gut an in seinen Ohren. Er nahm die Waffe hoch, zielte. Dachte: „Ich wette, ihr werdet rennen wie die Hasen!" Dann drückte er ab.

*

Etwas durchdrang die Starre und Sina Mertens schreckte auf. Zunächst machten sich nur ihre Finger bemerkbar- ein Blick und sie wusste, weshalb sie weh taten. Sie hielt das Lenkrad fest, als wolle sie es aus der Verankerung reißen. So fest, dass ihre Finger verkrampften, als sie sie zu lösen versuchte. „Alles ein einziger Krampf!", dachte sie, als ein Stoß gegen den Hinterkopf sie nach vorne schleuderte.

121

Ehe sie ihren Protest anbringen konnte, zischte jemand vom Rücksitz: „Tun Sie endlich, was ich sage!" Mertens verstand nur, dass es die Stimme war, die sie aus ihrem Zustand erweckt hatte.

„Was ist denn jetzt? Mensch, das ist Ihre Kollegin da draußen!"

Mertens dachte nach, aber die Gedanken kamen langsam, als seien sie in Honig getaucht und wie ein zähflüssiger Brei. Der Anderen war sie zu langsam. „Jetzt machen Sie doch endlich! Schalten sie das Blaulicht und das Martinshorn ein, blenden sie auf und ab, irgendwas, wenn Sie schon nicht von ihrer Schusswaffe Gebrauch machen wollen. Aber tun sie endlich was, um Gottes gütigen Willen!"

Sie gehorchte, obwohl Polizeibeamte normalerweise nicht auf das hörten, was von der Rückbank kam. Instinktiv wusste sie, dass die Frau richtig lag und dass auch der barsche Ton angebracht war.

Das Martinshorn zerschnitt unerträglich laut die Stille der Nacht. Aber es zeigte Wirkung. Im Blaulicht sah sie den erhobenen Kopf des Angreifers und wie er sie aus hasserfüllten Augen anstarrte. Das flackernde Licht machte den Anblick gleich doppelt so schlimm. Mertens fühlte sich an Diskonächte erinnert, an den Zeitpunkt, wenn es schon spät war und viele Besucher alkoholisiert waren. An die Gesichter der jungen Männer, die den Alkohol geradezu herausschwitzten und eine Abfuhr mit ihren x Promille nicht ertrugen. Manche der Gesichter glichen dem des alten Mannes. Sie erinnerte sich mit einem Schaudern an einen Abend, an dem es nicht bei verbalen Entgleisungen geblieben war und sie sich handgreiflich hatte wehren müssen.

Mertens wusste, was das bedeutete. Sie schämte sich in Grund und Boden, weil sie ihre Kollegin dem alleine ausgesetzt hatte, ohne aktiv einzugreifen.

Dann begann er zu grinsen und sie sah die schwarzen Flecken auf seinen Zähnen. Das flackernde Licht hätte viele Deutungen zugelassen, doch in diesem Punkt ließ sie sich nicht beirren.

„Sie muss bluten wie ein Schwein!", flüsterte sie so leise, dass es die Andere auf dem Rücksitz nicht hören konnte.

Ein Gedanke kam ihr in den Sinn, so plötzlich und so simpel, dass sie gar nicht erst lange debattierte. Der Motor lief. Tief grollend wartete die Bestie, dass man sie endlich entließ. „Zweihundertsechzig PS. Von Null auf hundert in sechskommaneun Sekunden. Er wird fliegen wie Pegasus!"

Das gedacht, legte sie den Gang ein und trat aufs Gas.

*

Die Schreie waren furchtbar. Sie drangen ins Innere des Wagens, weil er vergessen hatte, die Scheiben vor dem Gebrauch der Waffe nach unten fahren zu lassen. Aus diesem Grund war auch das Eklige eingedrungen, das sich nicht mehr fortwischen ließ. Marco konnte noch so wütend wischen, das Zeug blieb in seinem Gesicht kleben, als sei es mit einem Spezialharz behandelt worden.

Es war nicht ideal gelaufen, Marco war aber zufrieden. Der Weg war frei, das war es, was er gewollt hatte. „Scheiß auf die Achsen!" Sein rechter Fuß drückte das Gaspedal komplett durch. Das schwache Vehikel brauchte etwas, bis es in die Gänge kam. Das Gelände war aber so uneben, dass sie wie in einem Mixer durchgeschüttelt wurden. Von hinten kamen die typischen Geräusche, die verlässlich darauf hinwiesen, dass sich im nächsten Moment jemand übergeben würde.

Und richtig. Nur Sekunden später hörte er den Strahl und kämpfte seinerseits gegen die Übelkeit an, die ihn in solchen Momenten überfiel. Er konnte es nicht hören, wenn sich jemand übergab. Geschweige denn sehen oder gar riechen. Und er war dankbar für das herausgeschossene Glas, das den Geruch größtenteils entließ. Schlimm wars aber allemal und er richtete seine ganze Konzentration aufs Fahren aus.

Auf der Lichtung nahm er den Fuß dann etwas zurück. Die Geräusche der Verfolger waren wieder einmal leiser geworden, doch Marco traute dem Frieden nicht. Er würde erst dann entspannen und dem Auto eine Pause gönnen, wenn er sich vollkommen sicher war, dass sie ihm nicht länger folgten.

Das Feuer war nichts als ein roter Fleck, und so waren die Autoscheinwerfer die einzige Lichtquelle. Unheimlich sah´s aus, was sie offenbarten. Marco kam sich vor, als säße er im Sessel und betrachte einen Film. Immer, wenn die Kamera den Blickwinkel des Schauspielers einnahm und das Publikum nur die Ausschnitte sah, die die Scheinwerfer zeichneten, wurde es unheimlich. „Gleich passiert was" - genau das deuteten diese Szenen an.

Die weiß aufgereihten Leichen wirkten, als könnten sie sich jeden Moment erheben. „Ich wünschte, sie würden es tun und die Schlächter ihrerseits abschlachten!"

Den Bürgermeister sah er nicht. Marco drängte es nun auch fort von der Lichtung. Man würde sie später wahrscheinlich noch oft an den Tatort schleppen, zum Zwecke der Beweisaufnahme. Zumindest die Damen, er war ja nicht dabei gewesen.

Als sich die Baumreihen erneut um sie schlossen, ließ er den Atem in einem langen Zug gehen. Bis dahin war ihm nicht bewusst gewesen, dass er ihn angehalten hatte. „Jetzt wird´s doch wohl auch gut ausgehen!", dachte er noch, als er im Hintergrund das Geräusch eines startenden Traktors hörte.

„Oder auch nicht." Eigentlich hatte er das Auto ja etwas schonen wollen, doch jetzt drückte er aufs Gas. Auf dem Rücksitz war man nicht sehr amüsiert. Marco hörte schon wieder dieses ätzende Geräusch und wappnete sich gegen die erneut anrollende Welle der Übelkeit.

*

Die Klarheit im Chaos. Triumph oder doch zu hoher Kollateralschaden? Himmelhochjauchzend oder eher zu Tode betrübt? Mertens war sich in den Sekunden nach dem Aufprall über nichts sicher. Ein ganz feiner Schwall an selbst gezollter Anerkennung umspülte sie dafür, dass sie die Lähmung durchbrochen hatte. Doch zu welchem Preis?

Die Knie zitterten wie unter einer großen Kraftanstrengung, als sie aus dem Wagen stieg. Ätzende Gefühle begleiteten sie die wenigen Meter bis zum Anfang des Dienstfahrzeugs. Sie sah Blutspritzer auf der Motorhaube, die in dem stetig abnehmenden Mondlicht schwarz erschienen. Die Strecke war nur kurz, die Gewalt des Aufpralls war also nur minimal gewesen. „Es hat gereicht", dachte sie, „um das Blut spritzen zu lassen."

Fragte sich nur, ob es den Richtigen getroffen hatte. „Das hat es nicht!" Der Gedanke kam rein automatisch. Wie ein Giftpfeil stach er in ihr Herz. Sie wusste nur zu genau, woher er kam. Echte Happy Ends waren rar in den Kinofilmen von heute.

„Es ist die Realität. Kein Kinofilm. Kein dämlicher Autor, der dir die Tour vermasselt!"

„Und deshalb ist sie auch richtig tot!"

Mertens wurde übel. Sie konnte die Galle schon schmecken, die nach oben stieg, und bereitete sich auf das Erbrechen vor. Und überlegte in ihrem Inneren fieberhaft, wie sie den Tod ihrer Kollegin rechtfertigen konnte. Aber da gab es nichts zu rechtfertigen. Ihre Feigheit hatte Fiona Blauwasser das Leben gekostet. „Du kannst deine Marke an den Nagel hängen. Sie ist kein verdorrtes Blatt wert!" Mit dieser bitteren Erkenntnis im Kopf stand sie vor dem Wagen und starrte auf die reglose Form ihrer Kollegin hinab. Sie bückte sich, um den Leichnam aufzuheben, sah aber nichts, weil die Tränen alles verschwimmen ließen. Sie wischte sie wütend fort, aber sie kamen immer wieder. Ein Schleusentor hatte sich geöffnet.

Es dauerte, bis die Sicht wiederhergestellt war. Der Schock kam dagegen sofort. Es war, als hätte sie während eines Films geschlafen und deshalb einiges zwischen der letzten und der neuen Szene verpasst. Und für ein paar unwirkliche Sekunden schreckte sie vor der *stehenden* Fiona Blauwasser zurück. Die sah aus wie eine Untote. Mertens wusste natürlich, dass es blanker Unsinn war, doch die Geister ließen sich nun mal nicht so leicht vertreiben. Sie hatten sie die ganze Zeit umschwärmt und ihr ins Ohr geflüstert, sie habe die eigene Kollegin tot gefahren. Jetzt flüsterten sie, die werte Fiona Blauwasser sei von den Toten erstanden und sehr ungehalten über ihre Feigheit.

Fiona sah den geschminkten Komparsen, die die Rollen der Zombies in diversen Filmen ausfüllten, sehr ähnlich. Wunden an Hals, Kinn, Brust und Armen. Zerrissenes Diensthemd, durch das der BH, der nur noch an einem Träger hing, sichtbar war. „Sie wird Narben davon tragen", dachte Mertens, die sich immer noch fühlte, als erlebe sie alles nur im Traum. Der Gedanke war wie ein neuerlicher Stich ins Herz. Tausend Worte formten sich und lösten sich gleich wieder auf. Die Hand bewegte sich wie ferngesteuert, um die verletzte Kollegin zu trösten, doch sie zog sich gleich wieder zurück.

Mertens fühlte sich nun wie eine Totalversagerin. „Falls du deine Feigheit jemals vergessen solltest, musst du nur auf die Narben deiner Kollegin schauen."

Sie schloss die Augen, aber das Bild der Brust, die so perfekt geformt war, *makellos* war- makellos *gewesen* war... Mertens krallte sich in die eigenen Oberschenkel und biss sich die Lippen blutig. Alles, was sie dachte, egal, wohin die Gedanken wanderten - es war schrecklich, kündete von ihrem

Versagen, und es drückte sie tiefer in den Erdboden hinein- bildlich gesprochen.

Sie öffnete die Augen erst dann, als sie die Stimme aus dem Fahrzeug hörte. „Jetzt stehen Sie doch nicht wie angewurzelt da! Rufen Sie einen Krankenwagen, oder fahren Sie sie ins nächstbeste Krankenhaus!"

Auf einmal sah sie ihre Kollegin auf dem Beifahrersitz. Sie hatte den Kopf nach hinten gelehnt, die Augen geschlossen. Erneut war da dieses Gefühl, dass sie ein paar Szenen verpasst hätte.

Der Atem ging gleichmäßig, und das nahm Mertens als ein gutes Zeichen. Sie sah auch die Hand der Anderen, die der geschundenen Polizistin Trost spendete. Sie setzte sich wie in Trance hinters Lenkrad, schnallte Fiona und sich an und fuhr dann los in Richtung Krankenhaus. Die Anfragen aus dem Funk ließ sie unbeantwortet. Es kostete sie alle Mühe, starr nach vorne zu schauen und den Wagen nicht in den Graben zu fahren. Irgendwann, nach einigen Kilometern, dachte sie an den Kontrahenten, den sie nicht gesehen hatte und wunderte sich, wo er abgeblieben war.

Iris klärte sie nicht auf. Sie hatte ihn gesehen. Einem Impuls folgend hatte sie sich nach hinten umgedreht, und da hatte er im roten Licht der Rückscheinwerfer gestanden. Die hatten ihn wie einen Teufel erscheinen lassen, und Iris war es vorgekommen, als habe man einen Kübel eiskalten Wassers über ihren Rücken gegossen.

„Er hätte mich in Stücke gerissen. Er hätte es getan. Ich meine, der Gedanke war mir vorher schon gekommen. Aber jetzt kapier´ ich das erst so richtig."

Sie war froh um die Aufgabe des Tröstens, die sie von den ganz finstern Gedanken ablenkte. Heilfroh!

*

Duell. Marco dachte an den Spielfilm von Steven Spielberg, der mit minimalistischen Mitteln eine grandiose Spannung erzeugte. Ein Auto wird von einem Tanklastwagen durch die Wüste gejagt. Einfacher Plot, perfekte Spannung.

„In Deutschland kann es natürlich kein LKW sein, da jagt dich stattdessen ein Traktor! Was für eine herrliche Scheiße, wirklich!"

Das Auto der Alten war zwar kein PS-starker Bolide, doch es war besser in Schuss, als das Fahrzeug des bedauernswerten Geschäftsreisenden, dem der Tanklaster im Nacken saß. Auf einer asphaltierten Straße hätte der Traktorfahrer nur die Abgase gerochen. Die Unebenheiten des Waldweges zwangen Marco jedoch zu einem bedächtigen Tempo. Immer, wenn er durch ein Schlagloch fuhr, klapperte irgendetwas. Und da er nicht wusste, ob es ein wichtiges Teil war, musste er den Fuß mit Bedacht aufs Gaspedal setzen.

Der Traktorfahrer dagegen fuhr mit Vollkaracho. Er lachte wie ein Lausejunge, der einen einfachen Schabernack trieb. Seine zwei Kumpels lachten dagegen nicht mehr. Wenn sie selbst hinterm Steuer saßen, ließen sie es auch krachen, allerdings nie im Wald. Er war kein guter Ort, um Rennen zu fahren. Eine Wildsau oder ein Hirsch richteten nicht so viel Schaden an wie bei einem Auto. Doch sie konnten den Trecker vom Weg abbringen. Und das war bei dem Tempo nicht gerade lustig!

Sie erachteten die Flüchtigen auch nicht mehr der Verfolgung wert. Es war kein Spaß mehr, und in ihren Köpfen stand schon der Plan fest, sich am darauffolgendem Tag den Behörden zu stellen. Die Zukunft bestand dann wahrscheinlich aus engen vier Wänden, dafür stand ihnen dann genügend Zeit zur Verfügung, über die begangenen Missetaten nachzudenken und für den Besuch von Seminaren, die das Thema Wutbewältigung auf dem Programm hatten.

Stefan Brandtner dachte nicht im Traum an Aufgabe. Er war in seinem Element und darum taub für die Einsprüche seiner beiden Freunde. Die griffen deshalb zu einem drastischen Mittel, weil sie sich nicht anders zu helfen wussten. Der, der rechts von ihm saß, drückte auf den Not-Aus-Knopf. Es war, als habe er eine Eisenstange in ein Zahnradgetriebe gehalten. Der Traktor stand innerhalb weniger Sekunden und tat keinen Mucks mehr.

Sie warteten den Brandtner-Protest gar nicht erst ab. Bevor er den Mund wieder schließen konnte, waren sie schon abgestiegen und auf dem Weg zurück in Richtung Lichtung. Sie waren sich einig, dass sie ihn nicht aufhalten würden. Es war seine Party jetzt allein, und er konnte sie durchziehen oder abbrechen. Sie hatten, so dachten sie jedenfalls, den Flüchtenden einen gesunden Vorsprung verschafft, so dass diese höchstwahrscheinlich davon kommen würden. Sie gingen schweigend nebeneinander her, jeder war in seine eigenen Gedanken versunken. Nur einmal unterbrachen sie die Stille, die bis dahin nur vom Quietschen ihrer Fußsohlen unterbrochen worden war, für ein kurzes Zwiegespräch.

„Sag´ mal- hast du das Heulen gerade gehört?"

„Es war ja nicht zu überhören!"

„Es hat sich angehört wie ein Wolf."

„Sie kommen zurück. Aber ob sie auch in unsere Gegend wandern..."

Nach einigen Minuten lachte der eine. „Weißt du was? Das war wahrscheinlich der Stefan! Der ist fuchsteufelswild und muss seine Wut in die Nacht hinausschreien."

Sie lachten sich die Klöße von den Seelen. Für einen kurzen Moment vergaßen sie den Ballast, den sie mit ihrem Morden auf sich selbst geladen hatten.

Es hielt nicht lange an. Das, was sie weglachen wollten, kam wie ein Bumerang zurück und machte es sich wieder auf ihren Seelen bequem. Mit diesem Ballast liefen sie weiter auf die Lichtung zu, wo sich das Gros der mordenden Dorfbevölkerung versammelt hatte. Dort warteten sie auf die fällige Bestrafung, gegen die sie keine Berufung einlegen würden.

Währenddessen fuhr der Brandtner Stefan den Flüchtenden hinterher, allerdings längst nicht mehr im selben halsbrecherischen Tempo. Es war, als sei nach dem Weggang seiner Kumpels die Luft aus ihm gewichen und als verfolge er die Lektoren nur noch pro forma.

Ein bisschen packte ihn auch die Angst, als er den Wolf hörte, der laut jaulend durch den Wald rief. Das Einzige, das ihn bei dem Vorsatz unterstützte, die Flüchtenden aufhalten zu wollen, war die Sense, die im grünen Licht des Armaturenbretts ansatzweise erkennbar war.

Sie gab ihm den dringend benötigten Halt, denn sie hielt zu ihm, auch als das Geheule scheinbar lauter geworden war. „Du wirst mich immer begleiten, egal, wohin ich auch gehe", flüsterte er ihr zu und blendete den Gedanken bewusst aus, dass man sie ihm im Gefängnis ganz sicher nicht erlauben würde. Dorthin aber würde er nicht kommen, weil er die Lektoren aufhalten würde. Denn er war der Einzige mit den Eiern, die jetzt vonnöten waren und die anderen würden es ihm ewig danken, dass er ihre jämmerlichen Existenzen gerettet hatte. Und sie würden ihn auf Händen tragen und ihm ein Denkmal setzen. Und er würde sie mit seiner Geschichte in den Bann ziehen. Wie er, ganz allein, den feindlichen Lektoren nachgestellt und sie erledigt hatte. Und wie er, trotz des drohenden Geheuls des Wolfes, weitergemacht hatte, weil ihn nichts schrecken konnte.

Die Wahrheit mussten die anderen nie erfahren. Denn sie würde seinen Taten den Glanz nehmen und die Angst zeigen, die das seltsame Geheule in ihm erzeugte.

†††

Er kannte das Geräusch des Traktors. Er konnte sie alle voneinander unterscheiden, und das mit verbundenen Augen und trotz der Tatsache, dass die großen Schlepper heute alle gleich klangen. Oberflächlich hätte es jeder mit einem dieser riesigen Traktoren sein können, der dort fuhr. Er aber war nicht oberflächlich, sondern hörte die einzelnen Nuancen und dadurch ergab sich ein komplettes Bild.

Es war die Art, wie der Fahrer mit seinem Fahrzeug unterwegs war. Sie sagte ihm, wessen Bolide durch die Landschaft fuhr. Und deshalb wusste er, dass der Brandtner Stefan nicht sehr weit von ihm entfernt war.

Das war gut, das war sogar exzellent. Es entschädigte ihn für den Verlust seiner Beute. Es war ja kein wirklicher Verlust, denn er würde sie zu einem späteren Zeitpunkt holen.

Den jungen Stinker, den würde er sich noch in dieser Nacht einverleiben. Es spielte keine Rolle, ob er in Begleitung war oder nicht. Denn er war voller negativer Energie, und wenn er einmal damit angefüllt war, hielt es lange an. „Du wirst es merken, du Parasit!", flüsterte er, dann rannte er dem Traktor hinterher.

Epilog

Sie bildeten eine kleine Kommunität, sie, die Deutschland für immer den Rücken gekehrt hatten. Blauwasser, Mertens, Gerald, Rohlenz, Klein und Timm. Sie waren, unabhängig voneinander zu demselben Schluss gekommen: Dass sie ihren Frieden nur dann finden konnten, wenn sie dem Heimatlande Adieu sagten und sich unter neuen Namen am anderen Ende der Welt niederließen.

Im großen und ganzen ging der Plan auf, trotzdem sich die Welt mit einem Knopfdruck ins eigene Wohnzimmer bringen ließ und man dem merkwürdigen Geschehen im fernen Deutschland auch auf der Insel Tasmanien nicht entkommen konnte. Die Spekulationen flogen nicht im gleichen Maße hin und her, wie in Deutschland, doch das Massensterben innerhalb eines Berufsstandes versetzte auch die australischen Medien in einen Aufruhr.

Weltweit glotzte man auf den abgelegenen Landstrich, der seine globale Jungfräulichkeit dadurch verlor. Touristen strömten in Massen an den Ort finsteren Treibens, und die Gastronomen und Hoteliers verbargen ihre Freude über den unerwarteten Ansturm nur mit Mühe.

Die Internetforen liefen heiß, Verschwörungstheorien kamen auf, Esoteriker fielen in einem fieberhaften Wahn über den Flecken Erde her, mancher sprach gar von seltsamen Geheule und dem klaren Beweis, dass es den Wolfsmenschen gebe.

Der Polizeipräsident schäumte vor Wut, weil Ermittlungsdetails an die Öffentlichkeit gelangt waren. Sie waren nicht eindeutig, doch von solcher Natur, dass sie den Werwolftheorien Aufschwung verliehen.

Ein Foto eines jungen Burschen namens Stefan Brandtner fand seinen Weg auf die Titelseiten eines großen Boulevardblattes. Es zeigte nicht viel, aber das Wenige heizte die Theorien an wie nichts anderes. Er sah aus, als sei er von einem Rudel wilder Hunde zu Tode gebissen worden. Die Bissspuren waren eindeutig, und wo sie fehlten, ließ der Leichnam ein Stück vermissen.

Es gelang den Behörden, der breiten Öffentlichkeit vorzugaukeln, dass es sich um ein gefälschtes Bild handele. Der Polizeipräsident erwähnte und lobte seine Techniker, die voller Bewunderung seien, weil die Fälscher einen wirklich großartigen Job gemacht hätten. Die harten Verschwörungstheoretiker ließen sich naturgemäß nicht darauf ein, dafür aber die breite Öffentlichkeit; der Polizeipräsident war damit zufrieden, forderte aber den Kopf des Verantwortlichen, der das Bild publik gemacht hatte.

Blauwasser übergab sich, als sie das Foto sah. Weil sie wusste, dass es echt war. Sie hatte die Zähne des Wahnsinnigen gespürt. Die körperlichen Wunden heilten zwar, doch die Seele war immer noch wundgescheuert und wurde nur ganz allmählich besser. Das Foto wirkte dabei kontraproduktiv. Die hässlichen Träume, die sie gerade erst verlassen hatten, kehrten zurück und rissen an dem Narbengewebe, das sich eben erst bilden wollte. „Das hätte ich sein können!", echote unaufhörlich durch ihren Kopf. Nichts, was die anderen sagten, brachte Linderung. Blauwasser wusste nur zu gut, dass sie einem hässlichen Tod gerade noch so entronnen war.

Mertens hatte auch an dem Fall zu knabbern. Nachdem sie das Bild gesehen hatte, ging sie Blauwasser aus Scham aus dem Weg. „Sie wäre beinahe draufgegangen. Dann hätte sie ausgesehen, wie dieser Stefan Brandtner. Und es wäre meine Schuld gewesen!" Der Gedanke folgte ihr wie ein treuer Schatten. Er heftete sich an ihr fest und drückte sie in die Depression hinein, deren furchtbaren Klauen sie gerade eben entkommen war.

Marco spürte es körperlich, wenn Iris an den Alois dachte. Sie krallte sich in ihn hinein, manchmal, bis Blut hervor trat. Natürlich dachte auch sie daran, dass er sie getötet hätte, wenn sie ihm nicht entkommen wäre. Sie sprach viel mit Blauwasser, an manchen Tagen bekamen die anderen die beiden nicht zu sehen. Marco fühlte dann einen leisen Anflug der Eifersucht, weil er dachte, dass sie nicht nur die Seelen gegenseitig verarzteten. Iris war nach diesen langen Klausuren immer etwas abwesend und- weisend. Als fühle sie eine gewisse Kälte ihm gegenüber, deren Quelle er genausowenig fand, wie eine Erklärung für das Verhalten.

Mertens fühlte diese Kälte noch intensiver als Marco. Blauwasser machte ihr zwar keine Vorwürfe, doch es stand etwas zwischen den beiden ehemaligen Kolleginnen. Das erwies sich in Kleinigkeiten, die Mertens, von ihrer Schuld elendig geplagt, umso intensiver spürte.

Klein und Timm hatten ihre Differenzen dagegen geklärt. Nach ihrer Rettung war noch viel zusammenzukehren gewesen. Schuldzuweisungen über fehlerhaftes Verhalten, das sie letzten Endes in die Bredouille gebracht hatte. Sie waren sich nicht in allem grün, aber sie konnten sich stehen lassen.

Für die Außenstehenden waren die sechs ein seltsamer Haufen. Sie hatten ein altes Anwesen mit großen Ländereien gekauft und daraus eine günstige Übernachtungsmöglichkeit für Touristen geschaffen. Die ließen sich das gefallen und sorgten für gut gefüllte Kassen. Das war auch den Menschen des Ortes recht, an dem das Anwesen lag. Die Geschäfte und Restaurants gediehen prächtig, und deshalb waren die Besitzer gut auf die Deutschen zu sprechen.

Den Ruf, etwas exzentrisch zu sein, erhielten sie, weil sie bei dem Internetauftritt ihres Anwesens nie zu sehen waren und sehr abweisend auf Anfragen reagierten, ob man sie fotografieren dürfe. „Vielleicht werden sie in Deutschland gesucht", mutmaßten die Einen. „Vielleicht sind sie von ihren Ehepartnern ausgebüxt", brachten andere aufs Tablett. „Sie sind einfach schüchtern und wollen sich nicht in den Vordergrund stellen." Das war die gängigste Theorie, die von der breiten Masse akzeptiert wurde.

Den sechsen war´s natürlich recht. Wobei sie sich manchmal schon fragten, weshalb sie die Fotos so rigoros ablehnten und den Kontakt zur alten Heimat völlig abgebrochen hatten. Sie konnten selbst nicht sagen, ob es ganz rationale Vorsicht war oder schon eher eine wahnhafte Idee. Das heißt, drei waren unter ihnen, die einen guten Grund *persönlich* kannten, weshalb niemand von ihrem neuen Aufenthaltsort erfahren sollte.

Die Behörden in Deutschland hatten einen Großteil der Dörfler identifiziert, die an dem an den Lektoren begangenen Massaker teilgenommen hatten. Natürlich durften Namen nicht genannt werden, und wenn doch, dann nur mit Abkürzungen.

Blauwasser hatte aber einige Kanäle angezapft, und daher wussten sie, dass man Stoltz angeklagt hatte und den Förster Nordt, der doch so nett erschienen war. Die anderen Namen sagten ihnen nichts.

Dafür der eine Name, der bei der Auflistung fehlte. Kein Alois Wagner weit und breit. Er musste ihnen entfleucht sein, nur so ließ sich die Nichterwähnung deuten.

Peter Albra Brenner   Alois und der Lektorenmord

Bei Blauwasser, Gerald und Mertens rief die Vorstellung, dass ausgerechnet das Monster immer noch auf freiem Fuße war, Panik hervor. Aber nach allem, was sie gesehen und erzählt bekommen hatten, waren auch die anderen drei voller Abscheu.

„Er wird doch nicht..." Diese vier Worte beschrieben die Furcht, die sie bei dem Gedanken befiel, dass man ihn nicht gefasst hatte, obwohl offensichtlich nach ihm gefahndet wurde. Sie setzten den Satz niemals fort, aus einer abergläubischen Angst heraus, dass sie ihn zu sich heran beschwören würden, wenn sie es täten. Blauwasser und Gerald trauten ihm zu, sie auch ohne die „Beschwörungsformel" zu finden. Sie waren ihm sehr nahe gekommen und hatten seine negative Energie gefühlt.

„Er ist ein Dämon!" „Er ist der Beelzebub!" Das flüsterten sie sich zu, wenn sie sich in den Armen lagen und gegenseitig trösteten. Während Mertens tiefer in ihrer Depression versank und Marco schäumte vor eifersüchtiger Wut.

Dabei war die Furcht der beiden begründet. Alois zog rastlos durch die Welt, nur dieses eine Ziel vor Augen, seine ihm entwichene Beute wieder zu erlangen. Dafür nahm er alles in Kauf. Entbehrungen, Anfeindungen, Kälte, Hunger, Einsamkeit... All´ das ließ er stoisch über sich ergehen. Er durchquerte Wüsten und Gebirge, so majestätisch wie den Atlas, so feindlich wie am Hindukusch, so touristisch überlaufen wie in den Rockies. Unzählige Inseln trugen seine Fußspuren, das ewige Eis beider Pole kannte ihn, im Dschungel sprachen die Waldarbeiter jahrzehntelang von dem Berserker, der den raffgierigen Großgrundbesitzer bei lebendigem Leibe zerfetzt hatte. *El Chubacabra* nannten sie ihn und verließen bald darauf die Kettensägen, um sich ihren Lebensunterhalt auf andere Weise zu verdienen.

Die Wut nahm mit jedem Tag zu, an dem er vergeblich nach den Spuren seiner Beute suchte. Er wurde immer gefährlicher für seine Umwelt. Irgendwann war der Zeitpunkt gekommen, an dem kein Tag ohne eine handfeste Auseinandersetzung verging. Dabei folgten seine Anfälle keinem System. Manchmal traf es völlig unbescholtene Bürger, manchmal aber richtete er seine Wut auch auf Menschen, die dem Bösen genauso verhaftet schienen, wie er selbst. Einmal zerlegte er eine Bande bösartiger Gauner, auf deren Konto Raub, Mord, Vergewaltigung, Entführung, Versklavung und Drogenhandel gingen.

Ein Lobbyist fand sein Ende, der durch seine Tätigkeit wichtige Umweltgesetze verhindert hatte. Einen korrupten Politiker, der einige Umweltaktivisten hatte beseitigen lassen, um ungestört in der äußerst fragilen Region der Arktis nach Öl bohren zu können, fand man gleich an fünfunddreißig verschiedenen Stellen.

Nach fünf Jahren der Wüterei kreuz und quer über den Globus überfiel den Alois das Burn-Out-Syndrom. Es kam wie aus einem heiteren Himmel über ihn, gerade, als er den australischen Kontinent betrat, der noch der einzige weiße Fleck auf seiner Suche war. Auf einmal war er wie ausgebrannt; er fühlte sich im Inneren völlig leer, als habe er sich auf seiner langen Suche ausgezehrt.

„Aber das kann nicht sein!", dachte er und sinnierte über den Ursprung des seltsamen Gefühls des Ausgebranntseins nach. Einige Antworten fanden sich rasch.

„Im tiefsten Inneren hältst du es für unwahrscheinlich, dass du sie jemals finden wirst."

„Du irrst wie ein globaler Tippelbruder umher, ein Heimatloser, der seine Wurzeln verloren hat."

„Du hast nicht nur die Wurzeln verloren - sondern du selbst bist verloren!"

Dabei war das Gefühl der Verlassenheit an diesem Ort durchaus nachvollziehbar. „Perth- Die einsamste Stadt des Planeten". Wie oft hatte er das jetzt schon gehört. Während sich die Städte an der Ostküste relativ eng aneinander schmiegten (Sydney, Melbourne, Canberra lagen auf Schmusekurs), rief Perth vergebens nach einem urbanen Partner aus. Der südwestliche Rand Australiens verleitete dazu, jeder Theorie der globalen Überbevölkerung ins Gesicht zu lachen.

„Sie lacht dir auch ins Gesicht!", dachte er, und für kurze Zeit füllte die kalte Wut sein leeres Inneres aus. Sie, diese Lektorin, die aus dem sicheren Bunker entflohen war. Und die andere, die lachte auch über ihn. Die Polizistin, die ihn mit ihrer Waffe angegangen hatte. „Ihr fühlt euch sicher, aber eines Tages werde ich euch gefunden haben. Dann lacht ihr nicht mehr!"

Peter Albra Brenner   Alois und der Lektorenmord

Es war nur ein kurzes Strohfeuer. Denn der Alois fühlte sich hundsmiserabel, als sei er ein Strandgut, das an diesem verlassenen Flecken Erde angespült worden war.

Er dachte an seinen alten Bauernhof, der nun seiner nicht mehr war. Selbst wenn er inkognito dorthin zurückkehren konnte- bleiben konnte er nicht. Sie suchten ihn, er war einer der wenigen, die noch auf freiem Fuße waren.

„Du bist ein armer Hund, einer ohne Heimat, ein räudiger Straßenköter. Sie werden dich hier in einer der Gassen zusammensammeln, ein lebloser Sack, am anderen Ende der Welt."

Alois bemitleidete sich unzählige Minuten selbst. Und ein Entschluss begann zu reifen, als er die endlos anschlagenden Wellen des Indischen Ozeans betrachtete. „Sie werden mich nicht wie einen alten Sack in den Gassen der Stadt aufsammeln, sondern aus dem Meer fischen. Vielleicht frisst mich aber auch vorher einer der großen Haie."

Er stand auf, um das Vorhaben gar nicht erst auf die lange Bank zu schieben. Er wusste nur zu genau, dass dann die Zweifel kommen, und ihn womöglich dazu überreden würden, nicht ins Wasser zu gehen.

Es war eine Frage von Sekunden, die über so viel entschieden. Alois schnappte etwas auf - ein Fragment nur. Er hätte es wohl als eine Täuschung abtun können, weil man sich bei dem Kauderwelsch, denn die Australier sprachen, leicht verhören konnte.

Sein Instinkt aber widersprach. Plötzlich schlug er an, so stark, als hätte er nicht unter der langen vergeblichen Suche gelitten. Die zwei jungen Australierinnen hatten von sechs etwas ungewöhnlichen Deutschen gesprochen, die ein Hotel auf Tasmanien betrieben.

Alois wusste wohl, dass bei achtzig Millionen Deutschen ein paar, die nach Australien auswanderten und ein Hotel betrieben, nichts Außergewöhnliches waren.

Doch es machte Sinn, dass die beiden adretten jungen Damen genau von den Sechsen sprachen, die bei dem denkwürdigen Ereignis dabei gewesen waren. Es machte Sinn, weil sie mit Tasmanien einen der Orte ausgesucht hatten, die die größtmögliche Distanz zum alten Heimatlande hatten.

Die Trübsal war auf einen Schlag wie weggeblasen, und die Jagdlust war wieder da, in voller Stärke. Eine Energie durchfuhr ihn, als sei er an eine

Starkstromdose angeschlossen. Die Möwen merkten es, sie machten einen großen Bogen um den seltsamen Kauz auf der Parkbank.

Die jungen Damen spürten es nicht. Arglos zogen sie ihrer Wege, fröhlich schwatzend und nichtsahnend von einer goldenen Zukunft ausgehend. Der Alois folgte ihnen in gebührendem Abstand. Er wollte seine Beute ja nicht beunruhigen.

Sie sollten sich in Sicherheit wiegen, genauso wie die Lektorin auf der Insel Tasmanien. Und die Polizistin. Denn der Alois wusste, dass des Jägers beste Waffe der Überraschungsmoment war. O ja, sie würden alle überrascht sein, wenn sie ihn plötzlich vor sich sahen.

ENDE